314

Davide Casali

Il misterioso libro di To

Romanzi e racconti già pubblicati in questa collana:

Verrete via con me - romanzo

di Stefano D'Incà

Angoscia estesa - racconti horror

di Davide Casali

Conta le onde - romanzo

di Michela Mannoia

Il tramezzino - romanzo breve

di Luigi Siviero

L'angolo oscuro - romanzo

di Stefano D'Incà

La Traviata di Verdi - romanzo a fumetti

di Guendal, Raimondo, Ramella, Fumolo, Rossi

Vita da film - racconti

di Ugo Puglisi

Tirannide - romanzo

di Giuseppe Viroli

DAVIDE CASALI

Il misterioso libro di Topolò

un romanzo ebraico

Illustrazione di copertina di
Paola Ramella

centoparole

www.centoparole.it

il portale d'arte, letteratura e fotografia

CENTOPAROLE - collana narrativa di mediaimmagine s.r.l.s. Trieste

www.mediaimmagine.it

Seconda edizione CENTOPAROLE giugno 2021

ISBN 978-88-32210-16-3

Caro Lettore,

questa storia che sto per raccontarti è forse una leggenda, e si svolge fra Trieste e Topolò, in Italia, nel Friuli Venezia Giulia. Topolò, per chi non lo sapesse, è una cittadina, una frazione di Grimacco, vicino a Cividale del Friuli. A Topolò si trovava una fiorente comunità ebraica con sinagoghe, ristoranti, scuole, il cimitero locale e il cinema. Oggi, purtroppo, di quella comunità ebraica non è rimasto più niente. Si sa solo che a un certo punto gli abitanti ebrei della comunità sono spariti, o svaniti nel nulla; nessuno ne ha più avuto notizia. Trieste, invece, non ha bisogno di grandi presentazioni: è una bellissima città e t'invito a venire a visitarla. La storia principale di questo libro si svolge un po' di tempo fa, ma non sappiamo esattamente quando; se qualche lettore pigro vuole sapere subito di come il Libro di Topolò sia arrivato a Topolò, e di come sia andato via da lì, può andare al Capitolo XIII, saltando però tutta una parte della storia e una serie di curiosità avvincenti.

Se invece, caro Lettore, hai voglia di leggere tutte le pagine, potrai conoscere di più sull'ebraismo e sulla storia della costruzione del Tempio di Trieste; e anche un po' di come il Libro sia stato ritrovato in questi ultimi anni, e dov'era nascosto. Per fare questo però devi leggere la storia dall'inizio, vivendo così una fantastica avventura sempre piena di colpi di scena. Attenzione però, perché questa storia può contenere anche un po' di terrore, e di cose inspiegabili. E il mistero si infittisce man mano che si prosegue, perché tempo fa è stato trovato un film che racconta di Topolò, e se qualcuno fosse interessato a vederlo può andare sul canale Youtube musicaliberaTv cercando, naturalmente, il Libro di Topolò.

Il film è stato ritrovato a Vienna, in un archivio cinematografico, e racconta proprio della storia del Libro di Topolò e della comunità ebraica che risiedeva là. Nel film si vede come gli ebrei vivevano a Topolò già tantissimo tempo fa; la loro vita era quella degli ebrei negli Shtetl dell'Europa dell'Est a partire dal 1700 fino a circa settanta anni fa. In questo incredibile filmato si mostra come il libro sia arrivato a Topolò e dei danni che ha prodotto, da chi è stato portato nel paese, e da chi è stato portato via, e successivamente di che cosa sia successo al paese stesso. Noi non sappiamo esattamente quando questo film sia stato girato e da chi, non sappiamo nulla degli attori o di chi sia il regista. I titoli di coda raccontano di persone che hanno partecipato alla realizzazione del film, e però sono totalmente sconosciute, o forse non sono mai esistite, questo per accrescere ancora ancora di più il mistero. Resta il fatto che è un film muto senza colonna sonora, girato molto probabilmente attorno agli anni Venti del Novecento sempre a Topolò. Non sappiamo nemmeno se il film sia mai stato proiettato nei cinema di quella città o in altri posti, e se ne esistano altre copie. Purtroppo, nell'archivio a Vienna, sono state trovate solo alcune bobine, quindi il film non è completo: tuttavia è molto interessante perché ci mostra uno spaccato di vita, offrendoci una testimonianza di come le comunità ebraiche europee vivessero prima che il nazismo le spazzasse via, le distruggesse.

Leggendo tutta la storia di questo libro, caro Lettore, capirai anche un po' di più della vita e delle tradizioni ebraiche nel loro complesso, di come il libro si sia spostato da una città all'altra, e di come abbia viaggiato nel tempo e nello spazio. Non so se sia una storia vera, quella che ti sto per narrare, o se sia una leggenda; sicuramente qualcosa di reale c'è, perché la tradizione del libro cabalistico la possiamo ritrovare in vari altri racconti della tradizione ebraica.

Non so dirti sinceramente se sia una cosa realmente accaduta, ma da qualche parte sicuramente il Libro è ancora nascosto, e aggiungo che, per fortuna, non è mai stato ritrovato.

Spero, caro Lettore, che questo racconto ti piaccia tanto quanto è stato per me emozionante trascriverlo così come mi è stato narrato. Mi ripeto, ma credo che in ogni leggenda ci sia sempre qualcosa di vero e di molto inquietante, e anche in questa storia c'è qualcosa che sfugge, che fa paura. Non bisogna mai dimenticare che in ogni storia, anche se inventata, ci sono sempre molte verità. Ho avuto un po' di timore nel riportare quello che sapevo mettendolo qui sulla carta; non è stato facile, perché con la Cabala non si scherza mai. È una materia che deve sempre essere trattata con i guanti, si sa molto bene che se usata in maniera sbagliata può fare danni irreparabili. Devi sapere che è vietato studiare questa materia per qualsiasi ebreo proprio perché la Cabala nasconde molte insidie e pericoli.

Non bisogna mai parlare di cose di cui si sa poco, non bisogna mai spostare energie pericolose che vanno a toccare sfere arcaiche e misteriose, bisogna stare sempre molto attenti. Io più che parlarne riporto alcuni fatti avvenuti, e forse qualcuno, nella mia comunità ebraica triestina, conosceva già questa storia; forse qualche anziano se ne ricorda o ne ha sentito parlare, ma non l'ha mai raccontata a nessuno.

Oh, caro Lettore, sperando che con ciò non ci accada mai nulla di male e che le nostre vite continuino in pace e serenità, ti auguro una buona lettura, del Libro di Topolò."

INTRODUZIONE

Ariel era un grande studioso della cultura ebraica e del misticismo che essa portava con sé, gli piaceva molto leggere e capire come funzionavano le cose, per esempio le Sefiroth, o l'Albero della Vita e le grandi correnti della mistica ebraica a cui tutti si ispiravano. Ariel, infatti, si impegnava molto nelle sue ricerche, anche perché spesso in questi studi ci vedeva un non so che di magico. Ma non erano solo magiche: potevano essere per molti aspetti "pericolose", perché andavano a esplorare il mondo della Divinità e anche, involontariamente, quello dei morti e dei fantasmi. Un mondo che era meglio non disturbare. Un mondo che comportava anche all'utilizzo di magie che spesso non potevano essere controllate da persone che vi si avvicinavano senza avere già esperienza nel campo. Proprio per questo motivo frequentemente Ariel decideva di non avventurarsi nella magia, bianca o nera che fosse. Tutto questo non faceva per lui; era solo curioso, e la curiosità, come si sa, porta spesso ad avventurarsi in luoghi pericolosi. "A proposito di fantasmi", diceva spesso un suo caro amico, "è meglio lasciarli stare dove sono, non disturbarli così loro non disturberanno noi. Meglio non avventurarsi mai in cose che si conoscono poco e che potenzialmente potrebbero essere molto pericolose", concludeva l'amico di Ariel seriamente.

La materia "pericolosa" che Ariel studiava molte volte aveva a che fare con la Cabala, anche se lui, dei suoi studi, non raccontava a nessuno, perché sapeva benissimo che era vietato per ogni ebreo studiarla. Si sentiva in contrasto con il suo modo di essere e pensare, e si chiedeva se fosse giusto dedicarsi a questa disciplina così delicata e tremenda; ma la sua curiosità, purtroppo, lo portava qualche volta a fare cose molto audaci e spesso ingenue.

Quindi alla fine aveva deciso, di non dedicare più tempo alla Cabala: era meglio lasciar perdere questi studi!

Aveva notato che nella sua casa alle volte accadevano delle cose di cui non riusciva a dare una spiegazione razionale. Era quasi sicuro che dipendesse da ciò che imparava e dagli argomenti che toccava; "Meglio non affrontare certi temi, la materia può cambiare e si muove nel bene e nel male", gli diceva spesso il suo solito saggio amico.

La Cabala è sempre stata una scienza che studia il concatenarsi delle parole che si trovano all'interno di un testo; per questo motivo, molti libri scritti erano criptici e nascondevano al loro interno un significato che nessuno comprendeva, o almeno pensava di non comprendere. Le lettere messe sulla carta erano usate per comporre delle sequenze di parole che a loro volta andavano a creare delle formule.

Del resto, la Creazione del mondo avvenne proprio attraverso la parola: la parola ha creato il nostro universo e tutto il resto. La parola modificava il Creato, e il Creatore con la parola modificava l'ambiente. Questa capacità era stata data poi dal Creatore ad Adamo attraverso la possibilità di dare il nome alle cose: il potere di dare il nome e di creare dal nulla era strettamente correlato. Era stato Adamo, per esempio, a chiamare il cane così, l'aveva creato dandogli questa denominazione; il tutto, ovviamente, con l'aiuto del Signore. Il potere della parola poteva quindi modificare lo spazio e il tempo, cambiando a volte il presente. In questo modo si trasformava la materia stessa, e si poteva variare lo svolgersi degli eventi: venivano modificati da chi era in grado di farlo, a volte perdendone completamente il controllo e portando purtroppo a conclusioni disastrose. Ma le parole nascondevano ancora molto di più: potevano, se lette nella sequenza giusta, modificare il futuro o la volontà delle persone e dei popoli. Potevano creare un potere immenso, che non controllato avrebbe potuto generare una guerra mondiale, la catastrofe nucleare, la fine del mondo. Muovere le masse era sempre pericoloso e permetteva, a chi ne era capace, di avere una forza e una sovranità irraggiungibile; dava un potere assoluto che avrebbe rappresentato la possibilità di manovrare il mondo intero, sottomettendo intere popolazioni, riducendo nazioni in schiavitù, portandole alla miseria e alla fame. Le magie era meglio lasciarle fare ad altri, pensava Ariel, e sapeva che molte persone che si erano avventurate nella ricerca della conoscenza, assecondando il desiderio di compiere manipolazioni della realtà, erano finite male; proprio perché non era per nulla facile controllare questo potere. Era anche conscio che, per fortuna, ben poche persone erano veramente in grado di comprendere profondamente la Cabala e i suoi poteri; quasi nessuno riusciva a scavare nei testi e a trovare la chiave del successo che avrebbe poi dato il potere. Aveva letto di molti studiosi cabalisti del passato, per esempio Judah ben Samuel (Yehudah HaHasid), Abramo Abulafia, Nahmanide, Moses de Leon e Isaac di Acco, giusto per citarne alcuni. Avevano studiato i testi e carpito i loro segreti e avevano usato la materia solo per far del bene e per aiutare i più bisognosi. Erano proprio loro che avevano dato una grossa spinta alla scrittura dello Zohar, o "Libro dello splendore", che di segreti cabalistici ne aveva tanti. Erano stati poi i Chabad, movimento religioso nato nell'Europa dell'est, a prender spunto e stimolo per creare una congregazione di ebrei cosiddetti pii e devoti. Chabad (in ebraico: חב"ד) è un acronimo di Chochmah, Binah, Da'at (in ebraico: חָכְמָה, בִּינָה, דַּעַת) che significano Saggezza, Comprensione e Conoscenza; era, ed è, un movimento che tuttora vede nella ricerca della preghiera e del misticismo ebraico un sentiero preciso per raggiungere e migliorare la fede nell'approcciarsi all'Eterno.

Ariel però si chiedeva spesso del perché lui si occupasse dell'occulto, e di cosa lo spingesse così forte verso questo campo. Erano argomenti che amava molto, e per questo motivo nei suoi studi li aveva incontrati così frequentemente. Suo nonno, che era rabbino, l'aveva spesso spinto verso questi studi. Cose affascinanti, pericolose. L'uomo è sempre stato al centro dell'universo, e anche se la vita è talmente corta che non si ha nemmeno il tempo di viverla appieno, è l'uomo stesso che controlla il proprio destino. Il libero arbitrio datoci da Dio non è altro che quello che l'uomo può fare per guidare il proprio fato, verso la forma più bella che uno possa ricercare: la via della Felicità. Ma si può scegliere anche la via del Male. Così Ariel si era deciso ad abbandonare le sue ricerche; non lo rendevano veramente felice, anzi era spaventato, perché avrebbe potuto, senza volerlo, far del male a chi gli stava accanto. Che non si potesse più scherzare, gli era ben chiaro, e aveva capito che c'era qualcosa che non andava. Per cui abbandonò la Cabala per dedicarsi allo studio del Talmud. Era stato semplicemente un errore giovanile, così pensava dei suoi studi cabalistici; era tempo di abbandonarli per occuparsi di altre cose.

Il Talmud l'avrebbe allontanato dai guai; o almeno, così pensava.

CAPITOLO I

Il nostro giovane era un ragazzo alto e ben slanciato; i suoi capelli biondi nascondevano l'età che in realtà aveva facendolo sembrare uno studente universitario. Gli occhiali gli cadevano spesso dal naso e le lenti, ormai opache, gli davano un aspetto fiero e sicuro, ma lui tanto sicuro non era. In realtà, nemmeno aveva ancora deciso che mestiere avrebbe voluto far da grande; anche se, a dire il vero, ormai da tempo a lavorare non ci pensava proprio più. Riusciva a sopravvivere grazie a una piccola eredità che aveva ricevuto da suo nonno rabbino, che oltre ai soldi gli aveva trasmesso il grande interesse per i libri e per le materie occulte. Ma il nonno, come detto, non si occupava di libri che noi possiamo definire "normali" o che tutti noi potremmo leggere: lui studiava i libri cabalistici, che insegnavano un tipo particolare di magia, che non sempre era usata a fin di bene. Ovviamente il nonno non li aveva mai utilizzati per far del male, anzi, aveva sempre cercato di aiutare il prossimo. Grazie a ciò era riuscito ad aiutare molte persone, anche quelle che non se la passavano per niente bene. Sapeva che quei libri potevano creare talmente tanti problemi che era meglio che nessuno li consultasse, nemmeno lui che era rabbino. Il nonno era conscio che fosse proibito, per gli ebrei, studiare la Cabala, ma per Ariel era come una droga, era più forte di lui, e di notte spesso passava le ore a leggere e a imparare. A volte si chiedeva se quello che stava imparando un giorno gli sarebbe servito per poter fare anche lui del bene, come aveva fatto suo nonno, ma con la Cabala bisognava stare molto attenti e, come detto, dopo un periodo di tempo abbastanza lungo, aveva deciso di abbandonare questi studi per dedicarsi al Talmud.

Il suo modo di vedere l'ebraismo era da ebreo religioso tradizionalista, anche se aveva una grandissima stima per il mondo dei Chabad: andava spesso al Bet ha-knesset (la sinagoga) e festeggiava tutte le feste maggiori. Come ogni buon ebreo metteva ogni giorno i Teffilin (filatteri), ma aveva un po' di problemi con i digiuni (troppo numerosi, pensava...), per il resto il suo amore per l'ebraismo era puro e profondo. Il mondo ebraico rappresentava per lui una realtà salvifica, si sentiva parte di un universo, di una grande famiglia. Una delle cose che lo facevano felice era andare al Tempio ed essere la decima persona nelle preghiere. Per poter fare la funzione al Tempio è molto importante che siano presenti dieci uomini ebrei, questo per avere il mignan, perchè senza i dieci uomini la funzione non può essere svolta completamente. Quando Ariel arrivava, e alla sinagoga erano in nove, lui con la sua presenza portava a dieci il numero dei presenti; questo lo faceva sentire parte fondamentale della comunità. Suo nonno diceva spesso, riferendosi al numero degli ebrei presenti all'interno della sinagoga: "Nove è uguale a zero", come a dire che se non si era in dieci la preghiera risultava non completa. Ovviamente, si poteva pregare anche in nove, ma da dieci in su tutto era al suo posto, e la Presenza Divina (Shekinah) scendeva dentro la sinagoga, avvolgendola. Questa immagine lo faceva sentire in armonia con sé stesso, e immaginava come la Divina presenza scendesse dall'alto con un ingresso trionfale nella sinagoga. Pensando a suo nonno, Ariel ricordava le grandi giornate passate a studiare su quei testi che sapeva proibiti; questo gli dava una grande gioia, essendo conscio anche che non avrebbe potuto condividere con nessuno il suo sapere, essendo vietato parlarne con chiunque. Mesi e mesi passati su libri polverosi scritti spesso a mano: quel tempo l'aveva trasformato molto e credeva che avrebbe avuto un qualche ruolo importante nella sua vita, anche se in questo momento quegli studi erano un ricordo passato. Era sicuro che molte persone pensassero di avere un compito cruciale su questa terra, o di dover intervenire per salvare qualcuno, o di esser destinati a fare qualcosa di veramente importante per l'umanità. Solo la storia gli avrebbe dato una risposta sul suo destino, e sul desiderio di far del bene per la comunità e a chi gli stava vicino.

Ariel abitava a Trieste in una soffitta molto bassa; i libri erano accatastati alla rinfusa, messi a casaccio, buttati uno sopra l'altro senza un senso ben preciso. Faceva molto freddo in inverno e molto caldo d'estate, e le ragnatele nella casa abbondavano. Ma era la sua casa e ne era orgoglioso, era l'unico posto dove si sentiva al sicuro. Le metzuzot che gli aveva regalato il nonno erano speciali e lo facevano sentire protetto. Queste scatoline messe sugli stipiti delle porte, con all'interno alcune preghiere scritte in ebraico su pergamena, servono per proteggere la casa. Ogni buon ebreo le ha nella propria abitazione, su tutti gli stipiti delle porte. Suo nonno, il suo rabbino preferito, sapeva bene come proteggerlo, e nessuno avrebbe mai potuto fargli del male dentro il suo appartamento. Il caos nella sua dimora rappresentava ciò che sentiva dentro di sé, percepiva che in qualche modo avrebbe potuto fare qualcosa per aiutare la gente, ma non sapeva ancora cosa. Era quasi sicuro che stava semplicemente preparandosi per aiutare qualcuno, stava attendendo che arrivasse quel momento. Credeva che se il momento non fosse mai arrivato, non sarebbe successo nulla di grave e avrebbe continuato con la sua vita normale dedicata allo studio. Il Talmud ora era tutto per lui, era la sua esistenza, e molte volte ci si perdeva dentro come se ogni pagina fosse come un film, una storia da vivere. Quando iniziava a studiare si dimenticava di tutto e di tutti, ed entrava quasi all'interno del libro, come se si materializzasse in un grande spettacolo dove lui era il protagonista che partecipava alla realizzazione e allo svolgersi degli eventi.

Immaginava tantissimi rabbini seduti attorno al tavolo, che discutevano di diatribe ebraiche, e lui era uno di quelli. Spessissimo stava ore e ore sui libri scordandosi perfino di mangiare, poi si risvegliava dal suo letargo e conveniva di dover tornare a vivere nel realtà quotidiano. Non avrebbe potuto per sempre abbandonarla per il mondo che si era creato. Sarebbe stato molto bello potersi immergere per sempre nel Talmud e nelle storie che raccontava, ma esisteva anche la vita reale. Il tempo passava e la sua vita andava avanti. Doveva studiare per essere pronto a ogni evenienza, ma doveva anche vivere nella realtà che lo circondava. E se non fosse mai successo nulla? Pazienza, il Talmud l'avrebbe aiutato a superare tutto... il Talmud lo faceva star bene, la Cabala era solo un opaco e doloroso ricordo.

CAPITOLO II

Questa storia incominciò un bel giorno durante una preghiera al Tempio, quando un religioso anziano avvicinò Ariel dicendogli che gli voleva parlare. L'aspetto del religioso anziano era quello di una persona qualsiasi, vestita con il solito abito nero che contraddistingue gli ebrei ortodossi, un bel cappello nero e una barba bianchissima. Si capiva che fosse colto e per nulla trasandato. Sembrava un uomo sulla settantina, che magari era andato da poco in pensione. Si notava che era molto devoto, e la barba gli dava l'aspetto di una persona molto saggia e buona. Stavano pregando nel Tempio piccolo, all'interno della grande Sinagoga, quando Ariel notò che questo vecchietto molto simpatico, che di primo acchito non ricordava di aver visto molte volte al Tempio. In lui riconosceva quegli ebrei dell'est europeo che vivevano negli Shtetl. Questi villaggi erano molto numerosi in Europa, soprattutto in quella parte dell'Europa dell'est dove abitavano intere popolazioni di fede ebraica che vivevano, molto spesso, nella povertà più estrema. Molti di quegli uomini non erano mai usciti dal loro villaggio e il loro mondo era tutto lì, confinato dentro le mura. Alcuni di questi villaggi, a dire il vero, non avevano mura perimetrali, ed erano contraddistinti dalle case costruite in maniera molto semplice e povera. Gli ebrei lavoravano la terra e avevano animali da accudire, che poi usavano anche per mangiare. Molte persone trafficavano merci che portavano negli altri villaggi vicini, così, per sopravvivere. In linea di massima la povertà era tantissima, e nessuno se la passava troppo bene. C'erano anche, in questi villaggi, le scuole talmudiche, dove era obbligatorio per ogni buon ebreo studiare sempre e quotidianamente la Torah. Queste scuole erano di solito grandi sale dove rabbini e giovani studiosi, seduti attorno a enormi tavoloni, conversavano spesso animatamente sui temi dell'ebraismo, i più vari, che andavano ad affrontare. Parlavano per ore e ore di vari argomenti: litigavano, trovavano un accordo, e poi si riunivano tutti insieme per discutere un particolare punto che magari all'inizio della giornata era sembrato difficile da capire. Tutto era basato naturalmente sullo studio della Torah e su tutte le discussioni in proposito che i rabbini, nei secoli, avevano prodotto. Per questo si studiava anche il Talmud: una sorta di compendio di tutte le discussioni della Torah orale e di quella scritta. La Torah è la parte più importante dei testi del popolo ebraico, cioè quella parte del vecchio testamento che viene letta ogni sabato nella sinagoga. In questi villaggi, ovviamente, la sinagoga c'era, e in alcuni ce n'era anche più di una. La lingua ufficiale degli ebrei era lo yiddish: una lingua che derivava dal tedesco germanico e che comprendeva parole provenienti dal polacco, dall'ebraico, dal ladino, dal latino e dalle lingue slave. Veniva scritto con lettere ebraiche che non usavano la punteggiatura per le vocali, e per molti di quegli abitanti dei villaggi era l'unica lingua che sapesssero parlare. L'ebraico si usava in sinagoga e lo yiddish invece nella vita quotidiana. Era bellissimo vedere come tutto lo Shtetl partecipasse alla cerimonia in cui entrava lo Shabbath, era una grande festa per tutti. Lo Shabbath incomincia il venerdì sera proprio perché, essendo in uso fra gli ebrei il calendario lunare, le giornate iniziano alla sera e non al mattino. Così è scritto nella Torah quando si parla della Creazione: "E fu sera e fu mattino e fu il primo giorno...", spiegava spesso suo nonno. Da questo si capisce che il giorno incomincia appunto alla sera. Quindi di sera si "accetta" lo Shabbath, recandosi al Tempio con grande gioia e utilizzando il migliore dei vestiti a disposizione. Poi - oggi come allora- si sta al Tempio per pregare e si ascoltano le melodie che, come per incanto, trasportano la comunità dentro allo Shabbath. Finita la celebrazione si va a casa a mangiare e, in queste occasioni, c'è sempre un grande spettacolo di cibi sulla tavola imbandita. Con grande gioia si mangia e si cantano i migliori canti, e il cibo è il meglio che si possa avere a disposizione in tutta la settimana. Alla mattina seguente si va di nuovo al Tempio per continuare le preghiere, rimanendovi tante volte fino a sera, quando lo Shabbath termina.

Ma perché stavano tutti in questi villaggi, gli ebrei, e non andavano nelle grandi città? Perché molti, nelle grandi città, non volevano avere ebrei nelle vicinanze, e anche perché tanti ebrei non erano mai usciti dal proprio villaggio e non conoscevano null'altro che quello. Come in tutti i villaggi che si rispettino, c'era il capo villaggio o sindaco, e naturalmente il rabbino, il Rebbe. Tutti ascoltavano con grande serietà le parole del rabbino: la sua parola, per molti, era la legge, e tantissime persone andavano a consultarsi con lui nei momenti difficili. Chiedevano consigli sulla loro vita, su chi far sposare ai propri figli o su qualche problema spesso anche banale, ma la parola del rabbino e il suo consiglio erano fondamentali per tutti. Il rabbino era insomma una specie di prete confessore, però poteva sposarsi, quindi si capirà bene che non fosse proprio come un prete! Era forse una specie di consigliere, e anche consolatore, che trovava per tutti una buona parola e una soluzione a ciascuno dei problemi che si ponevano. Fare il rabbino, un tempo, era proprio una missione, e presupponeva un grande lavoro, umano più che religioso, nell'aiutare e traghettare i propri correligionari attraverso il grande compito che è la vita. Doveva guidarli, il rabbino, come fece Mosè quando portò il popolo ebraico verso la terra promessa; allo stesso modo di Mosè il rabbino doveva trasportarli attraverso la quotidianità aiutandoli a superare tutti i problemi che si trovavano di fronte. Il rabbino era quindi, alla fine, una luce, un faro, un esempio da eguagliare in tutte le cose che faceva; era una guida che andava seguita senza se e senza ma.

Spesso alla morte di un rabbino si faceva molta fatica a trovare una nuova guida spirituale, anche perché era considerato comunque un posto di grande prestigio nella comunità, spesso ambito da molti. Qualche volta attorno alla tavola dello Shabbath sedeva il Rebbe con attorno tantissimi altri rabbini che sarebbero stati (uno o forse più di uno) successori del Rebbe. Era interessante vedere come tutti pendessero dalle labbra del Rebbe, quando faceva i suoi discorsi, e come tutti mettessero in pratica le cose che diceva.

Nei villaggi la vita andava avanti molto lentamente e con grandi difficoltà, soprattutto nei rapporti con i paesi vicini abitati da comunità che solitamente non erano formate da ebrei. Spesso chi veniva da fuori faceva delle incursioni violente, mettendo a soqquadro la città; violenze inaudite si perpetravano nei confronti di persone inermi che venivano bastonate, o nel peggior dei casi, addirittura uccise. Questo era uno dei grandi problemi degli shtetl, perché spesso chi ci viveva non riusciva a legare con gli estranei e ad avere rapporti con i paesi vicini, che anzi, li vedevano come nemici, proprio in quanto ebrei. C'era un odio sempre molto forte, sempre presente, e ogni pretesto per sfogarsi contro gli ebrei era all'ordine del giorno. Essere odiati per non si sa ben cosa era sempre molto doloroso; spesso, poi, non si capiva bene il perché di tanto accanimento. Una delle idee più comuni era che gli ebrei, secondo la storia cristiana, avessero ucciso Gesù e questo aveva scatenato una forma di avversione molto forte e profonda, già a partire dai primi movimenti cristiani, attorno al IV secolo, con i primi attacchi alle sinagoghe. Ma in realtà non si sapeva esattamente da dove l'odio nei confronti degli ebrei fosse venuto, e perché, o se ci fossero anche altri motivi per cui erano odiati. Sicuramente, però, l'odio verso gli ebrei, in Europa, era molto radicato: ogni pretesto per essere violenti nei confronti delle popolazioni ebraiche andava bene.

Forse c'era bisogno di scontrarsi contro i più deboli mettendoci dentro tutta la rabbia che le persone avevano, di colpire le persone meno protette, prendendo di mira chi era meno forte. E sicuramente, in Europa, pochi erano interessati a proteggere gli ebrei; c'erano problemi ben più grandi che preoccuparsi di quelle persone che non credevano, fra le altre cose, in Cristo. La religione giocava sicuramente un grande ruolo, a partire da una grande intolleranza che veniva proprio dalla Chiesa, che aveva bisogno di diventare il detentore dell'unico credo mettendo in cattiva luce le altre religioni monoteiste, facendole, a dire il vero, letteralmente scomparire nell'ombra. Le guerre scatenate dalla Chiesa, le Crociate, e l'obbligo per gli ebrei di prestare soldi in quanto i cristiani non potevano farlo, aveva alimentato l'idea che gli ebrei fossero degli strozzini e che si arricchissero alle spalle degli altri. Bisogna sottolineare che l'odio verso gli ebrei, l'antisemitismo, iniziò molto, molto prima della Seconda Guerra Mondiale e delle sue tragedie, e che in Europa gli ebrei erano mal visti, mal sopportati e oltraggiati già da tantissimo tempo, da secoli. Eppure, avevano sempre cercato di vivere in pace con tutte le popolazioni che abitavano vicino a loro, cercando di stare in armonia con gli altri, senza dare disturbo a nessuno. Cercavano di non creare problemi portando avanti la propria vita nella propria religione, senza voler convertire nessuno. La conversione degli altri popoli all'ebraismo, dagli ebrei, non era concepita. La religione ebraica non era mai stata una religione proselitistica: una persona che volesse convertirsi all'ebraismo poteva farlo, ma attraverso un lungo e meticoloso percorso di studio.

Non sempre questo percorso portava poi alla conversione, e siccome era molto difficile, le persone abbandonavano molto spesso l'idea durante gli studi.

Tutti questi pensieri erano passati per la mente ad Ariel nel vedere, nel Tempio, quel personaggio di vecchietto, che gli sembrava anche abbastanza misterioso; allo stesso tempo capiva di aver di fronte una persona colta e con una grande preparazione ebraica. Questo vecchio, quindi, sembrava agli occhi di Ariel uscito proprio da qualche villaggio, da qualche shtetl. Ariel cercava di ricordarsi se l'avesse già visto in sinagoga, e da quanto tempo frequentasse il Tempio.

"Caro Ariel, mio giovane amico", disse l'uomo con un filo di voce. "Il mio desiderio è quello di raccontarti una storia che credo sia una leggenda, ma so che tu potresti trarne qualcosa di reale", aggiunse dando l'impressione di conoscere Ariel da sempre.

"Mi dica pure, sono tutt'orecchi e curioso, soprattutto quando si tratta di storie", rispose Ariel a quell'uomo che aveva un'aura quasi regale. Ariel notò che oltre al vestito nero indossava il grande scialle da preghiera bianco candido con un bordo nero; e questo dettaglio lo rendeva, alla sua vista, molto sincero. La sua barba bianchissima era quasi abbagliante, mentre il suo portamento era ancora quello di chi può raccontare molto nonostante la sua età.

"Sai molto bene che anche io non sono d'accordo sul fatto che tu studi i libri proibiti".

"Eh sì, vecchia storia" rispose ridendo Ariel. "Ma come lo sa?" chiese con curiosità.

Con un gesto della mano, il vecchio rispose: "Non importa, non ti preoccupare, manterrò il tuo segreto. Sai, c'è una cosa molto interessante; ho sentito che qui accanto, nel Tempio grande, c'è un luogo dove sono nascosti dei libri che nessuno dovrebbe toccare. Credo però che sia una leggenda che risale alla costruzione del Tempio, più di settanta anni fa, non so di preciso". Il vecchio fece una pausa, come se stesse pensando a come proseguire il suo discorso. "Questi scritti raccontano storie che è meglio non sapere, parlano di cose che è meglio non risvegliare, ma so che tu potresti... così... darci un'occhiata... ovviamente non ti ho detto nulla. Io non so nulla..."; e dicendo così, gli fece l'occhiolino.

"Sarebbe bellissimo", rispose Ariel, entusiasta. "Ovviamente saprà già anche che io sono molto curioso... dove trovo questi libri?" disse sempre con entusiasmo.

"Beh, credo, o così mi avevano detto, che si dovrebbero trovare dentro l'Aron HaQodesh, quello del Tempio grande, così avevo sentito dire. Dentro a un 'libro che vola'. Questo era il termine che avevano usato per descriverlo, ma non so cosa voglia significare". Il vecchio guardò verso il soffitto del Tempio, come se volesse cercarci qualcosa che veramente "volava".

L'Aron HaQodesh è un luogo dove in tutte le sinagoghe vengono custoditi i rotoli del Sefer Torah, cioè i cinque libri che vengono letti durante le funzioni religiose lungo tutto l'anno. Si tratta di una specie di grande armadio, posto di solito di fronte, sull'altare - l'Abimàh - delle preghiere all'interno del Tempio. Contiene i libri scritti a mano in forma di rotoli avvolti, con le parole del Signore. Quando questo armadio viene aperto i rotoli vengono estratti con una solenne cerimonia; vengono fatti vedere al pubblico, e poi da lì si leggono dei passi in ebraico. È sempre un' emozione molto forte, quando ciò accade: tutti stanno in silenzio ad ascoltare il lettore che racconta la storia del popolo ebraico. Anche i giovani arrivati alla maggior età - tredici anni per i ragazzi e dodici per le ragazze - leggono questi passi con un grosso impegno. Per loro sono momenti felici e di solito, in queste occasioni, nella comunità si fanno sempre delle grandi feste.

Ariel, non stando nella pelle dalla curiosità, lo incalzò: "Ma nell'Aron HaQodesh del Tempio grande ci sono entrato molte volte, e non ho mai visto nulla di strano". Il vecchio non sembrava molto convincente nel suo racconto.

"Così mi è stato detto", disse lui, "e la persona che mi ha confidato questo segreto è molto sicura di quello che dice, ne sono quasi certo".

"Perché ha scelto me per dirmi questa cosa? E perché ha aspettato così tanto tempo?" proseguì Ariel.

"Non saprei a chi altro dirlo, credo che solo tu possa credermi. E soprattutto puoi essere interessato a questo racconto; poi, conoscendo i tuoi studi, sapevo che tu mi avresti capito senza che dovessi spiegarti null'altro". Dicendo ciò, al vecchio si illuminarono gli occhi. "Poi avevo bisogno che tu diventassi maturo per raccontarti questa cosa, e ho aspettato un po' di tempo", disse. Ariel pensò che l'età della sua maturazione era passata da un bel po'; comunque continuò ad ascoltarlo. "Quello che contiene è prezioso ma molto pericoloso per chi lo possiede; io te lo dico perché voglio essere sicuro che nessuno ne venga in possesso, potrebbe essere molto pericoloso per il mondo. Gli stessi nazisti ne avevano sentito parlare; più volte erano venuti qui nel Tempio grande per cercarlo mettendo a soqquadro il luogo; non contenti, alla fine lo devastarono. Ci sono alcune foto che mostrano la devastazione di questo luogo. Per fortuna non sono riusciti a trovarlo, il libro: sarebbe stata la fine, perché con quest'arma in mano avrebbero potuto vincere la guerra. Io oggi non sarei qui a raccontarti questa storia. A quei tempi stavano per catturarci ed eravamo esausti e alla fine delle nostre forze... ho aspettato tanto per dirtelo, dovevo vedere come crescevi, se mi potevo fidare di te e se eri la persona giusta per custodirlo". Ariel era dubbioso, non si ricordava bene di questo uomo con cui stava parlando, ma voleva vedere dove andasse a parare con il suo discorso.

"Beh potremmo lasciarlo là dove sta, per me non ci sono problemi, o potrebbe prenderlo lei" disse Ariel quasi sorridendo, con un senso di angoscia. "Non serve che nessuno lo sappia e che nessuno lo tocchi", concluse con sicurezza.

"Forse tu non sai", proseguì l'uomo, "che stanno pensando di fare dei lavori di ristrutturazione del Tempio, e qualcuno potrebbe trovare quel luogo e quel libro segreto. Io sono troppo vecchio per prenderlo e non sarei in grado di farlo; tu sei la persona giusta, ne sono sicuro", disse con convinzione. "È meglio che ti muova, Ariel, solo tu puoi portare a termine questo compito", concluse.

"Come faccio a trovarlo senza venir scoperto? Magari ne parlo con lo shammas Ishai; che possa lui darmi una mano?"

"No, no non parlarne con nessuno, non ti devi fidare di nessuno", rispose il vecchio. "Troppo pericoloso", disse sottovoce.

"Ma ci sarà qualcuno che mi possa aiutare? È una missione direi abbastanza difficile", disse quasi a sé stesso Ariel. Ma il vecchio non rispose; sembrava assente e guardava nel vuoto. In quel momento si alzò di scatto e andò via senza dire nulla ad Ariel; sul suo viso aveva ora un'espressione spaventata. Uscì dalla Sinagoga senza salutare nessuno, e corse via come fosse un ladro che stava fuggendo da qualcosa.

Ariel rimase un po' a pensare alle cose che il vecchio gli aveva detto; finì la preghiera e andò nel Tempio grande per contemplare l'Aron HaQodesh, l'armadio color rame, mentre la gente usciva dalla sinagoga. L'armadio troneggiava in fondo al Tempio: era bellissimo e tutto di un colore ramato. Stava pensando che gli era capitato più volte di aprirlo per estrarre il Sefer Torah durante le feste, ma che mai aveva visto nulla che potesse fargli pensare che ci fosse un'entrata, o un passaggio segreto. Al momento si rese conto che alla fine questa cosa non era così importante; uscì anche lui e si incamminò verso la propria casa riflettendo su quale bel libro avrebbe letto quella sera. Arrivato a casa lesse a lungo un volume che parlava dei Dieci Comandamenti, e dei risvolti che questi avevano nell'ebraismo della vita quotidiana; pensò poi di andare a dormire, ma non riusciva in nessun modo a prendere sonno, qualcosa lo tormentava. Dopo quasi un'ora e mezza riuscì ad addormentarsi, ma fu una notte molto agitata, durante la quale non sognò nulla, o almeno così gli parve di ricordare. Al risveglio, al mattino, aveva un chiodo fisso in testa che lo perseguitò poi per tutta la giornata: voleva andare a vedere se effettivamente nel Tempio grande ci fosse, all'interno dell'Aron HaQodesh, una porta o un ingresso nascosto. Era troppo curioso di sapere la verità! Ma quello che gli interessava di più era capire che cosa ci fosse nascosto dentro, e se tutta questa storia non fosse che un'invenzione di un uomo avanti con gli anni, forse mezzo pazzo. Gli sembrava però strano che il vecchio avesse potuto inventarsi tutto anche perché lo giudicava una persona per bene: il suo aspetto dava una certa idea di uomo, ebreo e studioso, che faceva pensare che le sue parole fossero vere e sincere, e che Ariel non avrebbe dovuto dubitare delle cose che gli aveva raccontato.

Ora doveva prendere delle informazioni, e con molta cautela. Verso le sei del pomeriggio andò a parlare con il custode del Tempio, lo shammash.

Pensò di chiedergli, prendendo il discorso molto alla larga, se Ishai - così si chiamava - sapesse di qualche passaggio segreto che si trovava nel Tempio. Quando Ariel ne parlò, lo shammash rimase molto colpito, e la risposta fu negativa. "Assolutamente non c'è nulla di segreto, e probabilmente tutto quello che si racconta è una leggenda". disse Ishai, senza se e senza ma! Ishai, però, gli disse anche che aveva sentito di una stanza segreta nella quale gli ebrei, durante la guerra e prima durante il fascismo, avevano nascosto tutti gli arredi sacri del Tempio, che avevano un valore economico e affettivo enorme. I nazisti, per fortuna, non l'avevano trovata mai. Questa stanza fu riscoperta molto tempo dopo, per caso, mentre venivano spostati degli armadi all'interno del Tempio. Ciò portò grande gioia alla comunità, che recuperò degli oggetti che pensava perduti per sempre o rubati. Ariel non era del tutto convinto che questa stanza segreta esistesse davvero; ovviamente però, come ogni persona curiosa - e lui era una di quelle - voleva averne la certezza assoluta. Decise quindi di agire e di andare a vedere cosa si celasse all'interno dell'Aron HaQodesh. La cosa da fare, ora, era aspettare una giornata di preghiera pubblica che non fosse di Shabbath; decise di agire già quel giovedì.

La preghiera pubblica si tiene, nelle piccole comunità, ogni settimana al lunedì e al giovedì, sia al mattino che alla sera, perché anticamente a Gerusalemme in quei giorni c'era il mercato e c'erano quindi molte più persone presenti.

Ariel decise di far subito la sua mossa, e quel giovedì, verso sera, si recò al Tempio aspettando l'inizio della preghiera. Durante la settimana si usava sempre il Tempio piccolo, perché di gente non ne veniva tanta, mentre di Shabbath si usava quello grande, anche perché arrivavano molti ebrei, e di solito anche molti turisti. L'orazione proseguiva, e Ariel incominciò a sudare freddo, riflettendo su come avrebbe potuto fare per non farsi scoprire mentre stava frugando come un ladro all'interno del Tempio. Pensò che la cosa migliore fosse quella di andare in bagno, e di restare là chiuso fino alla fine della funzione.

Chiuso nel bagno, sentì la gente che andava via, e sentì anche Ishai che chiamava chiedendo se ci fosse ancora qualcuno in sinagoga, o in qualche stanza dell'edificio. Ascoltò anche una discussione fra il rabbino e il segretario che parlavano a proposito di una cena da organizzare per la comunità; come al solito non riuscivano a mettersi d'accordo su quante persone avrebbero potuto ospitare, e sul luogo dove si sarebbe svolta poi la cena. La discussione proseguì ancora per poco, e le voci si allontanarono e divennero più fievoli. "Solite discussioni, nulla di nuovo", disse Ariel sotto voce. Udì poi, molto chiaramente, la porta del Tempio chiudersi, e in lontananza le voci delle persone che erano definitivamente uscite. Quattro giri di chiave fecero capire ad Ariel che la porta del Tempio era stata serrata e che nessuno era più presente al suo interno.

Ora doveva agire: toccava a lui.

CAPITOLO III

Miriam era una ragazza molto carina e anche molto intelligente; sapeva sempre trovare la risposta giusta in ogni occasione. Aveva circa trent' anni e una carriera da avvocato davanti, ma quello che le piaceva di più era studiare la Torah. Fin da piccola partecipava alla vita della Comunità ebraica; la sua famiglia veniva dalla Spagna, con una tradizione sefardita alle spalle molto importante, e la sua città natale, invece, era Corfù. Il corfioto parlato dagli ebrei che provenivano dalla Grecia era un misto di greco, ebraico e soprattutto veneto; il fatto che gli ebrei usassero tanto il veneto non li faceva amare dagli altri abitanti di Corfù non di origine ebraica, che si consideravano pienamente greci e, di conseguenza, erano molto nazionalisti. Gli ebrei su quell'isola, ancora una volta, erano 'diversi', e quindi malvoluti. Questa era una lingua, il corfioto, che stava ormai scomparendo, ma che alcuni membri della comunità ricordavano ancora; soprattutto rammentavano le ricette che venivano tramandate da madre a figlia. Un'altra curiosità, così le aveva raccontato suo padre, era che gli ebrei corfioti usassero parlare questa lingua fra loro, dicendo però le parolacce in greco; questo, a Miriam, faceva molto ridere.

La mamma di Miriam, quando lei era piccola, era solita cucinare tantissimo e le piaceva molto, fra tutti i piatti che preparava, "la pasta col formajo", piatto tipico corfioto nonostante il nome italiano. Questo piatto era composto con la pasta, soprattutto gli spaghettoni, il formaggio feta e le patate fritte, con un'aggiunta di pepe. Gli spaghettoni venivano prima cucinati e scolati; la pietanza si preparava poi a strati sovrapposti: pasta, patate fritte, formaggio, una passata di pepe e poi via di nuovo un altro strato, fino a quando non si era sicuri che gli strati fossero abbondanti e potessero bastare. Veniva messa a riscaldare per un po', per essere poi servita pronta da mangiare. Un piatto fantastico che era possibile consumare in tutte le stagioni, tranne ovviamente durante la Pasqua ebraica. Oltre alle tradizioni culinarie, gli ebrei della diaspora prendevano a prestito gli usi della cucina che erano popolari nei paesi in cui abitavano, adattandoli alle esigenze alimentari religiose ebraiche note come kasherut. La mamma di Miriam era bravissima a rispettare le regole alimentari ebraiche: non mescolava mai la carne con il latte e quindi questi due alimenti non erano mai presenti sulla tavola in uno stesso pasto. Anzi c'erano due servizi di piatti, forchette e coltelli, che venivano tirati fuori alternativamente, a seconda che si mangiasse carne o latte. Sua mamma era anche molto innamorata di suo papà; erano proprio una bella coppia. Suo padre era un medico, e aiutava i pazienti molto poveri quasi sempre gratuitamente. La sensazione di bontà che sprigionava suo padre era veramente grande, e Miriam era molto fiera di come la trattassero, di come la facessero sentire bene in casa. Aveva avuto un fratello, più grande di lei, che purtroppo era morto qualche anno dopo la sua nascita; suo padre, dal grande dolore per la perdita, non parlava mai di lui. Con grande gioia Miriam si ricordava delle bellissime cene di Pessach con il seder: le due cene che si dovevano fare come obbligo le prime due sere della Pasqua ebraica. In queste occasioni, oltre che mangiare, ci si dedicava all'haggadà, la lettura fatta interamente in ebraico che raccontava dell'uscita degli ebrei dall'Egitto. Questa storia, detta appunto seder o "ordine di lettura", è considerata una delle prima forme teatrali mai sviluppate al mondo. Tutti partecipavano alla lettura facendo in alcuni casi dei gesti, quasi teatrali, che ricordavano la liberazione degli ebrei dalla schiavitù dell'Egitto, la partenza per andare verso la libertà. Questi gesti si facevano, per esempio, quando si raccontava delle piaghe inflitte agli egiziani da parte del Signore con l'aiuto di Mosè. Ogni volta che veniva nominata una piaga si buttava una goccia di vino sulla tavola bianca, come a ricordare, con quel segno, la disgrazia che quella piaga aveva portato. Tutti i presenti seduti a tavola prendevano dal bicchiere di vino rosso una goccia con il dito, gettavano sulla tavola il vino dal mignolo colorando la tovaglia bianca di un rosso quasi violaceo. Anche il gesto di bere i bicchieri di vino appoggiati sul gomito sinistro ricordava l'instabilità del popolo ebraico mentre era schiavo nella terra d'Egitto.

Per preparare le cene della Pasqua ebraica c'era da fare prima un lavoro molto lungo, che incominciava con le pulizie, almeno un mese prima della festa; è da qui che dicono provenga il detto "le pulizie di primavera". La casa veniva letteralmente ribaltata, tutto veniva pulito e tirato a lucido, tutte le cose che non servivano più venivano buttate via, mentre tutta la polvere veniva eliminata da qualunque luogo: dai posti più evidenti fino ai più improbabili. Non era solo la polvere a dover sparire, ma anche tutto il lievito. Nella settimana di Pessach era vietato mangiare alimenti nei quali fosse presente: il pane, i grissini, i biscotti, la pasta, insomma proprio tutti i cibi lievitati. Rispettare tutti i precetti della Pasqua ebraica era una cosa molto dura, ma per Miriam era anche molto divertente: amava quella ricorrenza come nessun'altra. Sentiva quella celebrazione come la festa della famiglia. La mamma nel pulire era maniacale e obbligava Miriam - alla quale però fare le pulizie pasquali non piaceva molto - a un lavoro lungo ed estenuante. Finita la grande opera di pulizia, bisognava tirare fuori tutti i piatti e le suppellettili che di solito erano chiusi e sigillati in un armadio, e che venivano usati solo per Pessach. La sera prima di Pessach il papà e Miriam, al lume di una candela, controllavano se ci fosse ancora qualche traccia di hametz, cioè di polvere o lievito che doveva essere definitivamente eliminato. Alla sera, con il buio, si guardava in tutti gli angoli della casa, per cercare delle palline in cui c'erano dei piccoli pezzetti di pane, che la mamma aveva apposta nascosto negli angoli più strani della casa, in maniera che prima o poi venissero trovate. Alla fine della ricerca si pronunciava una formula, e veniva recitata tre volte: "tutto l'hametz che si trovi in mio possesso, che non ho visto e non ho eliminato, sia annullato, e sia come polvere sulla terra". Da quel momento, quindi, tutto il lievito non c'era più: era svanito, e anche se per caso ce ne fosse stato da qualche parte, nessuno sarebbe stato più responsabile della sua presenza. Il lievito era sparito dalla casa definitivamente! Anche questo era per Miriam molto divertente e, come premio finale per aver fatto la ricerca nel modo giusto, veniva ripagata solitamente dalla mamma con un bel regalo. Ripensava a un anno in cui aveva ricevuto una bambola, che era ancora ai piedi del suo letto; quella bambola ancora una volta, le ricordava la sua felice vita in famiglia. La Pasqua ebraica era una grande festa alla quale Miriam partecipava sempre con gioia anche perché, nelle due sere delle cene, arrivavano sempre parenti e amici che magari non vedeva da tempo. Serate di canti e balli e di grandi mangiate, soprattutto di pane azzimo, la matza, che era molto salato, e spesso molto bruciato. Si mangiava il pane azzimo per ricordare che gli ebrei, quando erano scappati dall'Egitto, non avevano avuto il tempo di far lievitare il pane, ed è proprio per questo motivo che durante tutta la settimana di Pessach non si può mangiare nessun cibo che contenga lievito. Questo pane, il pane azzimo, viene chiamato anche il pane dell'afflizione; non è proprio buonissimo, e ricorda che gli ebrei erano stati schiavi in terra d'Egitto. Molte tradizioni facevano arrivare sulla tavola diversi tipi di matzà, sempre pane azzimo ma con gusti un po' diversi. C'era la matza fatta fina, quella grossa, e quella più stesa e ancora più bruciacchiata. E prima di mangiare bisognava leggere l'Haggadà, il libro che racconta la storia degli ebrei che uscivano dall'Egitto, e questa storia si legge ormai da tantissimi secoli. La cosa incredibile era pensare che in tutto il mondo, in quelle stesse ore, in quello stesso istante, tutti gli ebrei si riunivano nelle loro case e sulle loro tavole e leggevano, e raccontavano la storia della liberazione del loro popolo. Leggevano l'Haggadà, il racconto dell'uscita e della libertà conquistata dagli ebrei con così tanta fatica. Purtroppo, per il popolo ebraico, la libertà non fu sempre una cosa data per certa e sicura: la storia dimostrò in più occasioni, spesso e volentieri, che per gli ebrei essere maltrattati e ridotti ancora in schiavitù era una cosa purtroppo normale. A Miriam piaceva però pensare che quella sera tutti stessero leggendo nello stesso momento lo stesso passo biblico: come un unico coro di un unico popolo unito, ed era bellissimo. Mentre cantava una delle canzoni più note, Miriam sognava che tutti gli ebrei del mondo intonassero insieme la stessa melodia, come un solo popolo che viveva in pace e amore con tutte le altre nazioni. Poi tutti insieme leggevano in ebraico la storia della liberazione; e come accadeva in tutte le tavole di tutte le case ebraiche, speravano che la preghiera finisse presto, per poter incominciare a mangiare. Erano sempre molto affamati, soprattutto i bambini, i quali erano anche i più stufi di stare ad ascoltare la storia: desideravano poter mangiare presto le prelibatezze preparate con gran cura per quelle sere così speciali, e bisognava ammettere che i piatti erano sempre eccezionali. Miriam sapeva benissimo che il giorno dopo, al Tempio, i bambini si sarebbero raccontati dei regali ricevuti per aver cercato e trovato l'afikoman, che era stato nascosto dal capo seder all'inizio della cena. Era un pezzo di matza che precedentemente era stato spezzato dalle tre matzot principali: queste venivano date all'inizio della cena al capo seder, mentre l'afikoman veniva mangiato alla fine della lettura, molto dopo la cena. Tutti i bambini, benché assonati, aspettavano con gioia la ricerca di questo pezzetto di matza proprio per ricevere un regalo nel caso l'avessero trovata. Le mamme, invece, si sarebbero vantate con le altre mogli dei piatti preparati per il seder, e avrebbero sfoggiato tutte le ricette che avevano preparato, per poi lamentarsi del tempo perso a preparare il tutto, e di come non ce la facessero più per la fatica che avevano dovuto sopportare in quei giorni.

Miriam ricordava ancora come molte volte fosse andata al Tempio anche per altre feste assieme alla famiglia, altre occasioni, e come in quei momenti avesse imparato molto sull'ebraismo, anche grazie alle belle lezioni che andava spesso a seguire dalla moglie del rabbino. La rabbinessa era una donna veramente in gamba: era il vero pilastro della comunità ebraica. Si dava sempre tantissimo da fare, e aiutava anche lei tutte le donne in difficoltà; dava una grossa mano al proprio marito, ma era lei che comandava in casa. Tutte le sue decisioni non venivano messe mai in discussione dal rabbino, anche perché il vero regno della donna era la casa, e lei ne era la regina indiscussa. Una casa bellissima, dove Miriam andava spesso per le lezioni fatte appositamente per lei, nel periodo di tempo in cui stava diventando, per la comunità, grande, man mano che si avvicinava al Bat Mitzva, la maggior età ebraica che sarebbe coincisa con i suoi dodici anni. Miriam ricordava molto bene quel giorno, e che bella festa fosse stata organizzata per lei. Tutto il Tempio era pieno di fiori, e sua madre non aveva mai smesso di piangere durante tutta la funzione. Miriam aveva fatto un bellissimo discorso sul fatto che stesse diventando grande e che sarebbe entrata anche a lei a pieno titolo a far parte della comunità ebraica e aveva raccontato di come avrebbe voluto aiutare i suoi stessi correligionari e i più bisognosi nella vita quotidiana. Una festa bellissima, con tantissimi regali, e con tante amiche venute anche da città lontane per festeggiare con lei quel bellissimo momento: le sarebbe rimasto impresso nella memoria, indelebile, per sempre. Da quel momento si impegnò molto ad aiutare gli anziani della comunità; andava spesso a trovarli per non farli sentire soli e li aiutava a far la spesa. Molti di loro non erano in grado più di uscire di casa, e per Miriam quella di assisterli era una missione, era una mitzva: un precetto ebraico molto importante, quello di soccorrere chi ne avesse veramente bisogno. Sicuramente tutta questa bontà le proveniva dall'amore che lei viveva in famiglia; come sempre accade, l'esperienza e l'esempio che si ha in casa formano il carattere di una persona. Miriam era veramente una ragazza in gamba: senza ombra di dubbio.

Andare al Tempio al sabato era una delle cose che a lei piaceva ancora tantissimo; soprattutto mangiare alla fine della funzione. E parlare con le sue amiche. Erano per lei momenti preziosi. La sua vita era proseguita molto felicemente al tempo delle scuole superiori, frequentando il più possibile la comunità e aiutando sempre le persone che erano più deboli e indifese. Anche ora da adulta frequentava molte lezioni di ebraico e di ebraismo, e voleva sicuramente, nella sua vita, costruirsi una famiglia ebraica rispettando il più possibile le regole della tradizione. Era proprio per questo motivo che continuava a studiare e a frequentare assiduamente le lezioni che il rabbino teneva in comunità. Spesso, dopo le lezioni, leggeva a casa alcune discussioni rabbiniche che trovava nel Talmud, la summa della discussione ebraica. Per capire bene cosa sia il Talmud, diceva Miriam alle sue compagne delle classi superiori che non erano ebree e non conoscevano nulla dell'ebraismo, dovete immaginare un grande tavolo attorno al quale tantissimi rabbini si mettono a discutere di tutti i temi della vita ebraica: questo è il Talmud. Ridendo, raccontava che i rabbini non erano mai d'accordo su niente e che iniziavano sempre discussioni infinite che potevano durare anche giorni. Spesso si perdeva il filo del discorso e dello scambio di idee, e si andava a finire su altri temi, che portavano ad altre discussioni. Molte volte si ritornava sul tema principale magari qualche giorno dopo, dopo averlo in qualche modo ritrovato. Per lei questo era molto affascinante, e cercava di entrare in queste diatribe cercando un nesso e tentando di comprendere chi avesse ragione e chi torto. Era una ragazza abbastanza timida, che non si fidava molto delle persone perché aveva paura di affezionarsi troppo a qualcuno, con il pericolo di perdere poi l'amore dando troppa fiducia agli altri. Temeva di perdere qualcosa, come quando aveva perso il fratello; e la perdita le faceva ancora molto male.

Durante quelle lezioni frequentate in comunità, tante persone venivano e andavano, senza colpire particolarmente la sua attenzione: era più interessata al contenuto delle discussioni ebraiche che alle persone presenti. Ma le era capitato, più di qualche volta, di notare un giovane molto simpatico che le sembrava anche molto intelligente. Era stato così che Miriam aveva conosciuto Ariel: a una di quelle lezioni fatte dal rabbino. Era rimasta estasiata da come lui argomentasse i vari passi del Talmud, discutendone, con il rabbino, amabilmente. La colpiva molto il fatto di come Ariel riuscisse a discernere le questioni con il rabbino senza sembrare uno sbruffone o uno pieno di sé; anzi aveva dimostrato sempre molta umiltà, che era stata apprezzata anche dal rabbino stesso. Nel giro di poco tempo Ariel e Miriam erano diventati amici; a molti non sembrava solo un'amicizia, anzi agli occhi di tutti sembrava qualcosa di più. Per il momento i due non avevano ancora fatto il passo decisivo nel dirsi cosa provassero l'una per l'altro; ma prima o poi sarebbe successo, pensava Miriam. La ragazza aveva iniziato a conoscere sempre di più Ariel, e aveva capito che su alcune cose era un po' pasticcione, e che spesso arrivava in ritardo... quando arrivava. Non lo faceva apposta; semplicemente si dimenticava degli appuntamenti perché restava per ore e ore a leggere nella sua casa, che era, più che una casa, una soffitta piena di polvere e libri.

Miriam, quel giovedì, verso sera, era seduta nella cucina di casa sua; stava riflettendo sul fatto che ora erano ormai due giorni che non si sentivano, ed era un po' preoccupata. Di solito Ariel si faceva vivo ogni giorno e andava a trovarla o la chiamava; ma ora era proprio sparito nel nulla. Pensò quindi di andare a casa sua per tentare di tirarlo fuori dal suo mondo di libri e fargli prendere un po' d'aria; e perché no, per stare un po' con lui. Si vestì e si truccò, perché comunque ci teneva a esser bella, voleva far bella figura con quel giovane così interessante e fuori dal comune. Scese le scale di casa e uscì in strada. Si incamminò giù per il corso, andando verso la casa di Ariel che abitava nella parte vecchia della città, vicino al Teatro Romano. Quelli erano ancora dei posti fantastici; e in passato erano state zone in cui molti ebrei avevano vissuto. Lì, dietro al Teatro Romano, c'era il vecchio ghetto, che risaliva a molti secoli prima, e che durante la seconda guerra mondiale aveva visto la deportazione di molti ebrei. Mentre ricordava queste cose era arrivata praticamente davanti al portone di Ariel, che stava dall'altra parte rispetto al ghetto, e suonò il campanello aspettando una risposta o che lui le aprisse. Contava sempre almeno fino a quindici, aspettando, perché sapeva benissimo che Ariel era di solito rapito dalla lettura di qualche libro e probabilmente non avrebbe fatto caso al campanello. Proprio per questo motivo suonò un'altra volta; ma non arrivò nessuna risposta. A Miriam, che Ariel non fosse in casa sembrò molto strano; pensò quindi di suonare a qualche suo vicino perché le aprissero il portone. Voleva andare a vedere, se per caso, non gli fosse successo qualcosa.

Insomma, incominciava a preoccuparsi seriamente. Al citofono rispose una voce gracchiante, tanto forte da quasi spaccarle l'orecchio.

"Chi è?"

Miriam fece un piccolo salto, spaventata.

"Signora Foghel, sono Miriam l'amica di Ariel. Sono due giorni che non lo vedo; potrebbe aprirmi il portone, così provo ad andare a bussare alla sua porta? Lei l'ha per caso visto o sentito?"

Miriam sentì un clic, e senza nessuna risposta il portone fu aperto. Lo spinse con forza e con tanta paura, come se sospettasse che fosse successo qualcosa; salì i quattro piani di scale tutti in un fiato. Arrivò davanti all'uscio di Ariel e con voce quasi piangente bussò con molta violenza alla porta. Più che bussare tirò dei pugni forti; aveva le nocche delle mani rosse, da quanto aveva picchiato.

"Ariel, Ariel, ci sei? Ho bisogno di parlarti".

Nessuna risposta; la porta era chiusa e non si sentiva alcun rumore. Guardò la metzuza appoggiata allo stipite destro della porta: serviva anche da protezione per la casa. Si rese conto che non c'era nessuno, ma a quel punto non sapeva più cosa fare. Ribussò e di nuovo non ci fu alcuna risposta; sperò che lui non fosse dentro la casa e che stesse male. A buttar giù la porta non ci pensava nemmeno, e naturalmente non ne avrebbe avuto la forza. Non sapeva cosa fare: ormai erano le otto di sera e non riusciva a capire dove fosse finito. Se non l'avesse trovato entro pochissimo tempo sarebbe andata dalla polizia; era troppo spaventata dall'idea che gli fosse capitato qualcosa. Di solito Ariel non si comportava mai così, non spariva dalla sua vita in questa maniera, senza avvisarla. Aveva paura che qualcosa di brutto fosse capitato al suo amico... ragazzo... non sapeva nemmeno come definirlo... aveva capito però che l'amava... non glielo aveva ancora detto... ma presto l'avrebbe fatto. Naturalmente se l'avesse ritrovato vivo e vegeto. Pensò di tornare giù per le scale e di andare a chiamare qualcuno che avesse potuto aiutarla a trovarlo; forse qualche altro amico, ma non le veniva in mente nessuno dei suoi conoscenti, non ne aveva tanti. Mentre scendeva le scale, sentì che il portone giù da basso si apriva, e sperò che fosse Ariel. Era solo un inquilino del palazzo che abitava al secondo piano, e alla domanda di Miriam se avesse visto ultimamente Ariel, le rispose di no. Quando arrivò al piano terra pensò di lasciare un biglietto sulla cassetta delle lettere, nel quale gli diceva di chiamarla al più presto e che era molto preoccupata perché era sparito. Ariel, al suo ritorno, avrebbe guardato sicuramente la posta, lo faceva sempre perché riceveva un sacco di libri. Appiccicò il biglietto sulla cassetta delle lettere mettendolo bene in vista, aveva anche disegnato un cuoricino, e mestamente tornò a casa sua. Era veramente triste e sempre più preoccupata; ma quella sera non lo vide.

CAPITOLO IV

Ariel aspettò ancora un po' prima di uscire dal bagno; voleva essere sicuro che fossero andati via tutti. Non doveva essere visto da nessuno, perché non desiderava rivelare il suo piano e la sua ricerca della stanza segreta della sinagoga. L'avrebbero presso per folle, e anche lui stesso pensava che, tutto sommato, quello che stava per fare era un azzardo. Rifletté sull'ipotesi che molto probabilmente non avrebbe trovato nulla. Fece scattare la serratura del bagno, aprì con cautela poco a poco la porta, e si ritrovò nel buio più totale. Oramai era scesa la sera, e all'interno del Tempio la luce arrivava solo in certe parti, e molto fioca. Pensò che dentro al Tempio maggiore avrebbe visto delle ombre lunghe create dalla debole luce che entrava dalle grandi vetrate, e questo l'avrebbe spaventato molto. Molti erano stati i racconti di persone che riferivano che all'interno della sinagoga ci fossero le anime dei defunti, morti che pregavano e che stavano là in pace, e molti degli scricchiolii che si sentivano nel Tempio erano considerati movimenti di quei fantasmi.

Ora si rendeva conto che forse aveva fatto una stupidaggine, e che poteva ancora uscire da quella situazione scappando, ma la sua curiosità lo spinse a continuare, per verificare se le cose che il vecchio gli aveva detto fossero vere. Purtroppo non aveva nemmeno una lampada con sé, e allora sarebbe dovuto andare un po' a tentoni. Sperava in una bella e chiara serata, così almeno un po' della luce della luna sarebbe entrata dalle enormi vetrate a stella di Davide del Tempio. Uscito dal bagno, girò verso destra, e superò una porta che era sempre aperta e che divideva l'entrata del Tempio piccolo da quello grande. Passando da lì si trovò nella parte laterale del Tempio grande, e guardandolo, così nella penombra, si rese veramente conto di come fosse enorme e della maestosità che trasmetteva. La luce arrivava fioca, debole, in quasi tutto il Tempio e poche zone rischiarate illuminavano debomente il resto, ma gran parte degli spazi rimanevano al buio.

Era un edificio veramente grande, e per costruirlo avevano lavorato circa quattro anni, con l'impiego di tantissimi operai, usando molta pietra e marmo. I banconi dove ci si sedeva erano di legno, ed erano quelli originali provenienti dalle quattro vecchie sinagoghe che si trovavano in giro per la città di Trieste. Ariel appoggiò la mano su uno dei banconi e provò ad annusare il legno, lo accarezzò quasi a sentirne le nervature scure di color marrone: si capiva che era antico, e Ariel percepiva l'energia vitale che esso emanava. Si sa molto bene che in realtà il legno non muore mai, nemmeno quando viene tagliato, e questo è il motivo per cui bisogna sempre evitare di bagnare i mobili. Erano sistemati, i banconi, in modo ordinato, e potevano far accomodare sicuramente più di seicento persone. Il matroneo, cioè la parte superiore del Tempio, era stata purtroppo rovinata dall'umidità; la zona che era stata scelta per erigerlo era paludosa, e nel sottosuolo al centro del Tempio passava un fiumiciattolo che aveva nel tempo aumentato l'umidità interna rovinando la cupola e i disegni floreali, e continuando a tormentare le mura: in molte zone l'intonaco cadeva a pezzi. Il Tempio era decorato con raffigurazioni di piante di varie specie; ovviamente non c'erano né disegni né dipinti di animali o persone. Nell'ebraismo è assolutamente vietato rappresentare figure viventi e non, e nella sinagoga non si pratica il culto dell'immagine: non ci sono immagini della divinità, quindi niente statue né dipinti, e questo era un grande problema per i pittori e i disegnatori ebrei che, nel loro lavoro, dovevano rappresentare solo paesaggi e nature morte. C'erano tantissime scritte in ebraico che erano citazioni dai salmi di David, dipinte sulle grandi arcate, anche queste molto rovinate dalla muffa. Era veramente enorme, e ad Ariel, se alzava il capo di scatto per vedere la sommità della cupola, girava la testa: era alta più di ventotto metri.

Per raggiungere il matroneo bisognava prendere delle scale laterali che si trovavano da tutte due le parti, a destra e a sinistra rispetto all'entrata centrale principale. Gli era stato raccontato che anni prima quella parte riservata alle donne era stata luogo di ritrovo dei bambini durante le grandi preghiere. I bambini potevano giocare a nascondino o a rincorrersi per tutti i piani del Tempio. Era talmente grande che per salire all'apice bisognava fare almeno due piani di scale, per non parlare di quando l'organista andava a suonare l'organo: lui di gradini doveva salirne molti di più. Anche sotto l'organo c'erano tanti posti per star seduti, e secondo Ariel il Tempio, se tutto fosse stato accessibile e in ordine, avrebbe potuto ospitare almeno milleduecento persone sedute, e molte altre in piedi. Immaginava come fossero stati belli quei giorni di Kippur con il Tempio così pieno; la situazione ora era molto diversa e pochi ebrei frequentavano le funzioni. Si chiedeva che tipo di ingegnosità avesse portato l'architetto che aveva disegnato il Tempio a concepire un luogo così maestoso e ampio. Era... regale! Sembrava a tutti gli effetti un posto dove una persona si dovesse sentire intimorita di fronte alla grandezza. La presenza divina incombeva e si percepiva molto forte. Ariel si sentiva un po' come un ladro preso in trappola: un piccolo punticino in un luogo immenso, in più quel posto era così poco illuminato che lo metteva molto in imbarazzo. Come si era aspettato, c'erano quelle ombre lunghe che provenivano dalle grandi finestre che si trovavano dietro all'organo; sembravano delle immagini lugubri che si stendevano sul pavimento della sinagoga. L'organo era un bellissimo strumento e Ariel adorava sentirlo suonare; all'interno del Tempio, la sua musica si disperdeva ovunque, e tutti i suoni che si sentivano dentro la struttura, data la grandezza degli spazi, erano fortemente amplificati.

Ariel fece un passo per andare verso il centro del Tempio e sentì rimbombare un forte rumore; immediatamente si accovacciò, nascondendosi fra i numerosi banchi. Era fermo sotto un banco, sentiva il suo respiro, ma non percepiva nessun altro rumore. Le narici gli si riempirono dell'odore di muffa e legno, e lì sotto era pieno di ragnatele; "Si vede che da tempo nessuno andava a pulire", disse sottovoce. Il pavimento era molto duro, ma non sentì più nulla di strano. Capì allora che quel rumore che lo aveva così tanto spaventato era semplicemente quello dei suoi scarponi che risuonavano sul pavimento mentre lui camminava; e rimbombavano in maniera molto forte, troppo forte! Pensò che forse aveva sbagliato a scegliere quelle scarpe, ma ormai non poteva più tornare indietro per cambiarle, e allora decise di togliersele. Le mise sotto il sedile di legno, nel posto dove spesso si sedeva uno dei suoi migliori amici. Riconobbe quel luogo perché il sedile del suo amico era parzialmente rotto, e solo il suo era rimasto in quelle condizioni. Provò così a camminare scalzo: il pavimento era di pietra dura e liscia, e con le calze scivolava. Sentiva sotto i suoi piedi il freddo che gli correva su per le gambe. Non si perse d'animo però e si diresse a grandi passi, attraversando il centro del Tempio, verso la base della Tevà, l'altare della preghiera sopra il quale si trovava l'Aron HaQodesh. Vedeva la luce fioca del Ner Tamid, il lume perpetuo generalmente a olio che era sempre acceso davanti all'Armadio Sacro. - In ogni sinagoga in cui ci si reca, se il lume perpetuo è acceso vuol dire che quella sinagoga è in funzione, e al suo interno si fanno quotidianamente le preghiere.- Guidato da quella luce, riuscì un po' a orientarsi. C'era un silenzio assordante, e per fortuna non aveva sentito nessun altro rumore che avrebbe potuto spaventarlo a morte. La Tevà è la parte superiore, dalla quale di solito il cantore canta; essendo un punto più alto, da esso si dovrebbero sentire meglio le sue melodie; purtroppo, come spesso accade, non è così, e in un Tempio così grande i problemi di acustica erano molto gravi. Ariel pensava che in uno spazio come quello sarebbe stato difficile per qualsiasi cantore farsi sentire, e proprio per questo motivo negli ultimi tempi erano sempre rimasti sotto alla Tevà, sperando che così la gente potesse seguir meglio la preghiera.

Sopra alla Tevà, c'era il grande armadio, l'Aron HaQodesh dove erano contenuti i Sefrè Torà, i libri arrotolati con il Vecchio Testamento. Da quel punto il Choen dava la benedizione sacerdotale, Birkat Choanim, nel giorno più sacro per gli ebrei: lo Yom Kippur, il giorno dell'espiazione dei peccati. Ariel ricordava che, da piccolo, durante la benedizione era stato spesso sotto il grande scialle di pregheria del nonno, il talet. Sotto quello scialle si era sentito protetto e in pace con sé stesso; si era sentito all'interno del Tempio come in una grande famiglia, e la comunità ebraica era la sua casa. Ora Ariel guardò la grande porta di rame dell'armadio, e pensò che la sua sagoma era veramente imponente, maestosa; il lume perpetuo, in quella penombra, sembrava sospeso nel nulla, e la porta di rame era così lucida da potercisi specchiare dentro. Nel riflesso indistinto che l'oscurità permetteva, vide l'immagine di una persona che stava là davanti immobile: quello era lui, fermo come un animale impaurito che ora non era più in grado di scappare. Doveva andare avanti per risolvere il mistero. Non aveva pensato, però, a un problema: in che modo avrebbe potuto aprire quella porta. Quindi si avvicinò spingendola come se avesse dovuto schiuderla normalmente. Ovviamente, l'uscio non si aprì, e anzi al tocco delle sue mani sembrava molto pesante. Con quel buio non vedeva nessuna serratura, e in più riusciva a malapena a capire se ci fosse o meno un meccanismo di chiusura. Non ricordava come facessero, durante la preghiera, ad aprirla, e chi avesse la possibilità di farlo, e soprattutto come. Cercò velocemente di far mente locale, e guardando il posto del rabbino, che si trovava vicino all'Aron HaQodesh, gli venne in mente che di solito era proprio lui a dare la chiave per aprirne la porta. Era lui che la consegnava, anche se era il Parnas a darla a lui, o almeno così gli pareva. Ariel andò quindi verso il posto del rabbino: c'era una grande sedia di legno con un poggialibro, e proprio da lì cominciò a cercare dove si sarebbe potuta mettere una chiave. Guardò sotto il sedile, e non trovò nulla; sopra il poggialibro che era coperto da un panno, non c'era nulla. Si accorse però che sotto il panno, nell'angolo, c'era una piccolissima scatola; l'aprì, e per fortuna eccola là, la chiave di cui aveva bisogno, arrotondata sulla punta e fine. Pensò però che, se la chiave era così piccola, avrebbe avuto difficoltà anche a trovare la serratura. La chiave era un oggetto raffinato e particolare, di grande pregio: solitamente era fatta d'argento, e qualche volta d'oro, proprio per l'importanza che rappresentava nell'aprire l'armadio in cui erano custodite le parole del Signore. C'era l'usanza di metterla sotto il cuscino delle partorienti per aiutarle a far nascere i bambini: per "aprire" al mondo la venuta della nuova vita. Così ora la chiave, aprendo l'armadio, spalancava le porte al mondo della Torah e a chi voleva accettarla.

Trovare il foro d'entrata della chiave dell'Aron HaQodesh nel buio, come si era aspettato, non era poi così facile. Non riusciva a capire dove andasse inserita, provò e riprovò a cercare un foro per inserire quella chiave rotonda ma niente. Dall'alto arrivava una luce fioca che non bastava per illuminare sotto. Provò allora a tastare con la mano e con le dita la porta, cercando una fessura. Finalmente, dopo molti tentativi, le sue dita trovarono un foro che poteva corrispondere alla toppa. Prese la chiave per infilarla nella porta, ma questa gli cadde dalle mani facendo un fortissimo rumore. Un suono metallico echeggiò nel buio, ma la cosa più grave era che Ariel non trovava più dove fosse caduta. Tastando a lungo per terra, carponi, e tentando di trovarla, si graffiò più volte le mani; niente da fare. Allora pensò di andare verso dove l'aveva sentita cadere, e un piccolo luccichio gliela indicò. Ripensandoci molti giorni dopo, Ariel si chiese ancora da dove quel luccichio che gli aveva indicato la chiave fosse arrivato; fu così comunque che la ritrovò, e, tenendola ben stretta, riuscì pian piano a ritrovare la serratura. Aiutandosi con l'altra mano e tastando la porta riuscì a infilarla dentro la toppa, e facendo ruotare la chiave verso sinistra, in senso antiorario, sentì un clic.

La porta si aprì facilmente, e nella semioscurità Ariel vide tutti i Sefré Torà che lo guardavano, come se stessero per chiedergli perché mai fosse venuto a disturbarli. A quel punto si ricordò che vedeva sempre qualcuno che apriva una lucina per aiutarsi nel guardare meglio l'interno, e che chi l'accendeva metteva la mano a destra della porta; Ariel andò a tastoni con la mano, e riuscì a trovare finalmente l'interruttore. Accese la luce e li vide la in tutta la loro maestà: i Sefrè Torà erano messi uno vicino all'altro come tantissimi Re, tutti insieme riuniti in una grande corte, così regali e potenti.

Rimase molto affascinato da quella vista e da come quei libri trasmettessero un'aura divina, immensa. Pensò infatti un'altra volta che forse sarebbe stato meglio abbandonare tutto e andarsene via; si sentiva sempre più ladro, e la cosa più grave era che si sentiva un ladro dentro il Tempio della sua comunità. Nuovamente, però, la sua curiosità vinse su tutto. Ora era affascinato, e guardò con interesse i Sefrè Torà pensando che non li aveva mai avuti così vicini, e per la prima volta si rese conto che erano appoggiati su una specie di grande supporto, che li teneva in piedi, avvolti da un grande drappo rosso. Si avvicinò ancora guardando più all'interno ma non notò nulla di strano; gli sembrava, anzi, tutto in ordine, e che in nessun modo quel posto avrebbe potuto nascondere qualcosa. C'era quel drappo rosso sul quale i Sefrè Torà poggiavano, e Ariel provò ad alzarlo per vedere cosa ci fosse sotto. Nulla: solo legno, solo un grande cassone che era impossibile da spostare. Pesava sicuramente tantissimo, e per muoverlo avrebbe dovuto prima di tutto spostare i Sefré Torà, e poi guardare se fosse possibile farsi spazio in qualche modo, attraverso qualche passaggio. Provò a battere sul legno, ma il suono dava l'impressione che fosse tutto solido, massiccio, e che dietro non ci fosse nessuno spazio vuoto. Guardò in alto, e vide la luce che illuminava l'interno; tutto attorno c'era pietra e sicuramente neppure là c'era spazio per entrare, nessun pertugio dove poter passare. Ariel incominciava a pensare che il vecchio gli avevsse mentito: non riusciva a trovare nulla. "Forse meglio così", pensò a voce alta, parlando da solo. Stava per andarsene quando il suo sguardo cadde verso destra, dove c'era un secondo drappo, questa volta verde, appoggiato al muro: sembrava una specie di piccola tenda. Anche a sinistra c'era lo stesso tipo drappo; da fuori queste tende non si vedevano mai, perché erano in una specie di rientranza. Provò, a sinistra, a spostare la tenda ma dietro non c'era nient'altro che pietra. A destra, la tenda era ben attaccata al muro, quasi inchiodata, e con difficoltà riuscì un po' a spostarla, ma ancora non vedeva nulla. Guardando meglio verso il basso vide però che la tenda di destra faceva una piccola ansa, e si rese conto che era inchiodata a terra, mentre a sinistra era libera e svolazzante; questo gli sembrò molto strano. Provò a sollevare il drappo a destra, ma non si mosse; provò a sinistra, e si alzò tranquillamente, mostrando dietro la nuda pietra. Pensò che usando un coltellino avrebbe potuto fare un piccolo taglio sul drappo di destra per vedere cosa ci fosse dietro. Si rendeva conto che, oltre a essere entrato di soppiatto nel Tempio, avrebbe anche distrutto una proprietà della comunità, per quanto si trattasse solo di una stoffa. Tutto questo gli sembrava grave; ma la curiosità di capire cosa nascondesse quel drappo era troppo forte.

Decise allora di prendere il temperino che portava sempre con sé, e incominciò a fare un piccolo taglio sul drappo verde a destra. Per Ariel, tagliare quel drappo era come infliggersi una ferita: si sentiva molto in colpa per quello che stava facendo, ma, come la storia insegna, la curiosità nelle persone è sempre molto forte. Spesso le porta a fare cose che non sempre sono giuste, e che non sempre vanno a finire bene. Infilò il coltellino nel drappo, ma in quel momento un brivido gli corse lungo la schiena e dell'aria molto fredda incominciò a investirlo. Fredda e fetida. Incominciò ad avere molta paura e stava per decidere di scappare; si sentiva anche osservato.

Si girò verso l'interno del Tempio pensando di vedere qualcuno, pronto a urlargli qualcosa contro, ma non c'era nessuno. Il Tempio era silenzioso e cupo, nessun rumore... ma quell'aria fredda continuava a salirgli su per la schiena. Arrivava da quel drappo; anzi, proprio da dietro il drappo, ne era sicuro. Tagliò ancora con più forza, facendo un solco verticale, mise le mani in mezzo e fece spazio per vedere cosa nascondesse. Effettivamente qualcosa dietro c'era. Allargò ancora un po' di più lo strappo che aveva fatto e restò di stucco. Vide una specie di quadrato strano nel muro; tutto attorno c'era una fessura che correva in forma rettangolare come a disegnare una piccola porta, non più alta di una sessantina di centimetri. Ariel, toccandola con la mano, avvertì nella pietra la sagoma di un piccolo ingresso, dove, se avesse provato, sarebbe passato a malapena.

Il quadrato aveva righe verticali e orizzontali, con all'interno una serie di lettere ebraiche. Sembravano messe a casaccio, e dal punto di vista linguistico non avevano nessun senso, non formavano nessuna parola che avesse un significato. Le lettere ebraiche erano due aleph, due beth, una teth, una vav, una zain e uno spazio vuoto; Ariel proprio non capiva cosa tutto questo potesse significare.

Notò che nel mezzo del disegno si trovava un bottone, che pensò potesse essere il meccanismo per sbloccare la porta, in quanto maniglie non ne vedeva; anche provando a spingere però non si riusciva in nessun modo a far forza sul muro, e si consolidò in lui l'idea che per aprire quella porta bisognasse in qualche modo trovare la soluzione di quel mistero, come se si trattasse di un enigma, o di un gioco da risolvere, una combinazione insomma. Ariel si chiese come mai in tutti questi anni nessuno si fosse mai accorto di questo quadrato misterioso messo così nel muro, ma sicuramente il panno che era stato inchiodato a terra aveva per lungo tempo nascosto tutto quello che c'era dietro.

Prese il quadernetto che portava sempre nella tasca e sul quale scriveva tutte le sue idee, e si annotò le lettere di quello strano quadrato; le disegnò. Però, ora era a un punto morto; pensò di andarsene, perché per il momento non avrebbe risolto nulla. Allora prese un piccolo sgabello che veniva usato dai ragazzini per salire più in alto quando dovevano leggere, e lo mise proprio sopra il drappo strappato, a destra, in modo che non si vedesse che era stato tagliato. Gli sembrò che quell'accorgimento, per il momento, potesse essere sufficiente a nascondere la sua intrusione. Spense la luce, e chiuse la porta facendo girare la chiave; la rimise poi dove l'aveva trovata, nel posto del rabbino, dentro la scatolina. Ritornò giù dalla Tevà e si diresse verso un'uscita secondaria che si apriva unicamente da dentro. Stava per uscire, ma si ricordò di non avere più gli scarponi, che aveva tolto prima. Era molto spaventato dall'idea di dover tornare a riprenderli, ma se li avesse lasciati lì sarebbe stato sicuramente scoperto e avrebbe dovuto dare tantissime spiegazioni. Tornò quindi verso dove li aveva lasciati; il Tempio era sempre buio e opprimente, e Ariel era veramente preoccupato dall'idea di aver disturbato le anime che stavano dentro a quel luogo di pace. Finalmente ritrovò i suoi scarponi, se li rimise addosso, e quando fece il primo passo ci fu di nuovo un rumore fortissimo; fece per buttarsi di nuovo a terra per non farsi vedere da qualcuno, ma poi si ricordò all'istante che il rumore era proprio quello degli scarponi che rimbombavano nell'enorme edificio. Allora camminò in punta di piedi, andando verso l'uscita secondaria che aveva pensato di usare. Riuscì a uscire dal Tempio e a tornare a casa, con mille dubbi che gli correvano per la testa. Per lui era stata un'esperienza molto forte; si sentiva ancora in colpa ma ormai il danno era stato fatto e non poteva più tornare indietro. Ormai era in ballo e doveva andare in fondo a questa storia. Veramente era riuscito a nascondersi nel Tempio, e a violare l'Aron HaQodesh? Rifletté su questo e il dolore lo lacerò internamente. Effettivamente era andata così, forse però aveva scoperto dove si celava il libro che il vecchio gli aveva nominato. "Per il momento basta"; disse fra sé pensando che la giornata si sarebbe conclusa così, ma quando arrivò davanti al suo portone ed entrò, trovò il biglietto sulla cassetta delle lettere. Si preoccupò molto avvertendo il tono di Miriam nel messaggio. Si era preoccupata molto; lo si capiva. Ariel decise quindi di andare a casa sua, per raccontarle cos'era successo, era il momento di confidare il suo pesante segreto a qualcuno, non avrebbe potuto tenerselo per sempre dentro. E se gli fosse accaduto qualcosa?

Almeno, andando da Miriam, avrebbe avuto qualcuno a cui dire come stavano le cose.

CAPITOLO V

Quando sentì bussare, Miriam ebbe un sussulto: corse verso l'uscio e l'aprì di scatto. Era Ariel, tutto sudato e agitato; prima che lui potesse dire qualsiasi cosa, Miriam prese la ricorsa e gridando gli saltò addosso, riempendolo di pugni.

"Dove sei stato? Sono due giorni che ti cerco, ero molto preoccupata per te". Lo abbracciò con molta forza, piangendo.

"Scusami, sai com'è", disse con cautela Ariel, cercando di spiegarsi. "Mi conosci, sai che sono sempre molto indaffarato, e in questo periodo sto seguendo un caso molto curioso che mi ha fatto perdere la nozione del tempo. Non mi sono nemmeno accorto che fossero passati due giorni da quando ci siamo visti l'ultima volta. Sono successe delle cose incredibili!", continuò, cercando di calmarla. "Devo assolutamente raccontarti tutto" disse Ariel deciso, guardandola bene negli occhi.

Miriam lo scrutava con le lacrime che le scendevano lungo le guance, e non riusciva nemmeno a rispondergli, pensando a quanto l'amava.

"Non farmi mai più uno scherzo del genere, sono spaventata a morte. Sono andata a casa tua e non c'eri, ho provato a cercarti ovunque e non ti ho trovato. Sono venuta oggi fuori dal Tempio, dopo la preghiera, e non c'eri; non sapevo più cosa pensare ed ero preoccupata. Avevo paura ti fosse successo qualcosa di grave".

"Scusami, hai ragione", rispose Ariel, accarezzandole il volto e asciugandole le lacrime. "È colpa mia, ma le cose che sono successe in questi giorni sono pazzesche. Devo assolutamente raccontartele e tu mi devi dire sinceramente cosa ne pensi", aggiunse, cercando di capire se Miriam fosse veramente pronta ad ascoltare una storia così strana.

Allora lei si calmò; facendolo entrare, chiuse la porta, e lo condusse in soggiorno, facendolo sedere sul divano.

"Vado a preparare un tè, e poi mi racconti tutto senza tralasciare nulla". Si allontanò verso la cucina, ma con lo sguardo seguiva Ariel come se avesse paura che lui sparisse nuovamente.

"Ok", disse Ariel, "ma mi devi stare veramente a sentire, perché non è una storia normale, o almeno io non credo che sia così", continuò, preoccupato; non era sicuro che Miriam gli avrebbe creduto. Quando tornò con il tè, le raccontò tutto senza tralasciare nulla; non voleva nasconderle nessun particolare e desiderava un'opinione sincera da una persona che lui stimava molto, e che forse amava, anche se non ne era ancora così sicuro. Mentre le raccontava del vecchio, e di come lui gli avesse raccontato della fantomatica leggenda, Ariel sorseggiava il tè, facendo di tanto in tanto una piccola pausa, per osservare le reazioni di Miriam e. si rese conto che lo guardava con interesse. Quando passò alla parte dell'intrusione nel Tempio, però, vide sul suo viso un'espressione un po' divertita e allo stesso tempo sorpresa, inquieta. Poi, quando le disse dello strano meccanismo dietro la tenda verde, Miriam si fece incredula; Ariel pensò che avesse cambiato almeno tre volte espressione, ma poi fu lui a restare sorpreso. Miriam gli raccontò di aver a sua volta sentito parlare di luoghi segreti nel Tempio, ma mai e poi mai avrebbe potuto credere che ci fossero veramente. Forse erano delle leggende, inventate così tanto per far crescere la curiosità attorno alla sua costruzione, e soprattutto Miriam si chiedeva quale potesse essere lo scopo di creare una stanza segreta lì dentro, e a che cosa servisse. Alla risposta arrivarono entrambi assieme: una stanza segreta nasconde qualcosa che non vuole essere né trovata né vista, qualcosa che deve sparire. Che non deve essere a disposizione di tutti. "Beh, cosa facciamo ora?" chiese Ariel con enfasi, come un bambino che sta per scartare i regali.

"Nulla, non facciamo nulla", rispose Miriam. "Tu lasci perdere tutto, lasci stare tutto come sta, e soprattutto non tocchi nulla. Con queste forze malefiche, come fantasmi o libri cabalistici, non si può scherzare. Sono cose messe nel nostro mondo, ma che appartengono ad altri mondi o dimensioni, e non devono assolutamente essere toccati. Tu lo sai benissimo: hai anche studiato questa materia, e ne sei anche uscito, per fortuna. Quindi dimentichi questa storia e lasci stare tutto, fine del discorso". L'espressione di Miriam non lasciava dubbi: era decisa a far comprendere ad Ariel che con quelle cose non si poteva scherzare.

"Non posso farlo, Miriam", disse Ariel. "Devo andare in fondo a questa storia. E poi mi conosci molto bene. Secondo te, potrei far finta di non sapere nulla? Mi giro dall'altra parte e penso che tutto questo non sia mai successo? E se veramente quel libro finisse in mano a persone cattive? Potrebbero distruggere il mondo, o far del male alla gente. Devo fare qualcosa...", proseguì, cercando in tutti i modi di convincerla.

"Ariel, dimmi la verità, cosa puoi fare da solo? Sono cose pericolosissime, devi stare attentissimo. Magari potresti farti aiutare da qualcuno", disse Miriam, sperando che Ariel si decidesse a lasciar perdere tutta quella brutta storia.

"Io non conosco nessuno di cui mi possa fidare", rispose lui, "a parte te, ma non ti voglio coinvolgere più di quanto tu sia già coinvolta. Intanto, bisogna vedere se effettivamente la strana porta si possa aprire attraverso quella combinazione; se riuscirò a farlo, e cosa ci troverò dentro. Magari è vuota e non c'è nulla, anche se a questo punto penso che qualcosa di vero ci debba essere, sono abbastanza sicuro che il vecchio non mi mentiva"

"Non lo so, sono molto preoccupata per te e per quello che ti potrebbe accadere, non voglio che ti succeda nulla", l'apostrofò Miriam.

"Se per il momento noi non diciamo nulla a nessuno, non succederà niente", disse Ariel. "Spero solo che il vecchio abbia confidato questo segreto solo a me e a nessun altro".

"Non farlo, ti prego, lascia stare tutto, torniamo alla nostra vita, e tu ai tuoi libri". Nuovamente le lacrime le rigavano le guance.

"Miriam, devo farlo, dammi una mano in qualche modo, ti prego!", disse Ariel parlando con il cuore. Era sempre più convinto di amarla.

"E come?" insistette Miriam con un singhiozzo.

"Per prima cosa non parlarne con nessuno; e poi, se dovessi aver bisogno di te in qualsiasi modo, cerca di aiutarmi come stai già facendo; questo è già tantissimo".

"Non ti preoccupare; io per te ci sarò sempre. Qualsiasi cosa accada, sono con te e per te. Ma ora cosa pensi di fare, come pensi di muoverti?"

"Prima di tutto devo capire come aprire quel passaggio e comprendere cosa significa il quadrato disegnato là in mezzo".

Tirò fuori il quadernetto sul quale si era annotato le lettere ebraiche, lo mostrò a Miriam, e assieme cercarono di capire quale fosse il loro significato: dovevano risolvere il rebus che stava loro davanti. Nemmeno Miriam, però, riusciva a comprendere cosa volessero dire; prese dei foglietti su cui riscrisse quelle lettere ebraiche e cercò di vedere se riusciva a costruire delle parole, sempre in ebraico, ma non avevano alcun senso compiuto. Anche Ariel provò a metter su dei pezzettini di carta le lettere separate, per vedere se incrociate in qualche modo potessero formare una frase con un senso logico, ma proprio non ne veniva fuori. A quel punto, si rese conto che era talmente tardi che l'ora di andare a dormire era passata da un pezzo; finì di bere il tè con un lungo sorso, salutò con un bacio sulla fronte Miriam e se ne tornò a casa. Mentre camminava per strada, pensò e ripensò a come si potesse risolvere il mistero, ma non gli venne in mente nulla. Arrivò davanti al suo portone con le idee ancora più confuse di prima; pensò che la notte avrebbe portato consiglio, e andò immediatamente a letto, anche perché era veramente tardi.

Non riuscì ad addormentarsi. Si rigirava nel letto, non riuscendo a trovare una buona posizione. Gli giravano nella testa le lettere; volavano come per aria, prima erano incise in un Sefer Torah ma poi si staccavano. Uscivano e rientravano nei rotoli, come se venissero prima risucchiate nel testo e poi fatte cadere nuovamente. Vedeva anche dei numeri, e le lettere vicino a dei numeri, così a caso, senza nessun senso. Non riusciva bene a capire se stesse dormendo o se fosse sveglio; era in quella fase in cui la coscienza è annebbiata, e non si capisce se quello che si pensa sia reale. Questi pensieri lo rendevano nervoso; il sonno tardava ad arrivare, il suo cervello era confuso e non riusciva più a fare un ragionamento chiaro. Poi, d'un tratto, si addormentò. Fu un sonno finalmente ristoratore e senza sogni, o almeno così pensò, perché al mattino non ricordò nulla.

Quando Ariel si risvegliò, aveva dormito tanto, ed era già giorno pieno. Mentre faceva colazione pensò che avrebbe dovuto risolverlo presto, l'enigma della porta, ma nuovamente non sapeva da che parte incominciare. Aprendo il quadernetto dove aveva annotato il quadrato con quelle strane lettere, nuovamente non riusciva a dar loro un significato. Sarebbe potuto andare dal rabbino, a vedere se lui potesse aiutarlo a risolvere l'enigma, ma non si fidava di nessuno e non voleva confidare a nessuno, tranne a Miriam, il suo proposito. Ripensò ancora un po' a quello che aveva fatto la sera prima e poi alle cose cui aveva pensato prima di addormentarsi. Si ricordava di aver visto volare lettere e numeri: in quel momento gli fu chiaro che la combinazione potesse essere una sequenza numerica. Aveva provato in tutti modi a vedere se le lettere formassero una parola o una frase, ma non era riuscito a costruire nulla. Le lettere in ebraico hanno anche un valore numerico, e quindi magari la combinazione poteva essere una somma di numeri. Preso dalla foga, ribaltò la caraffa di latte, sporcando tutto il tavolo; prese uno straccio e asciugò. Raccolse poi dei fogli bianchi per poterci scrivere sopra le lettere in ebraico: provò a sommarle, davano dei risultati poco convincenti e che non portavano a nulla, soprattutto perché erano sette e in un riquadro non c'era nessuna lettera. La alef valeva 1, e c'è n erano due, la teth 9, mentre la vav stava per 6. La beth aveva come valore numerico 2, e c'è ne erano due, la zain valeva 7; e il posto vuoto quanto valeva? Sommando insieme tutti questi valori numerici si otteneva come totale 28: che non aveva nessun significato. Provando poi a mescolare i numeri, non ne veniva nuovamente fuori niente. Questo lavoro lo portò a stare seduto al tavolo della cucina per quasi due ore, ma non gli diede nessun risultato significativo. Nel frattempo, perso nei suoi pensieri, si rese conto che era già mezzogiorno e che era ora di mangiare; aprì la credenza, che era praticamente vuota, e trovò un po' di pasta. Si cucinò la pasta con del sugo che gli era avanzato da tre giorni prima, e mentre mangiava cercò nuovamente di mescolare le lettere e i numeri, chiedendosi cosa significasse il valore vuoto. A un certo punto pensò che potesse trattarsi dello zero, non essendoci una lettera in ebraico per rappresentarlo, lo spazio vuoto poteva essere uno 0, e questa intuizione poteva portare alla soluzione dell'enigma.

Si chiese anche di nuovo se il valore numerico 28 potesse corrispondere a qualcosa, ma di nuovo non gli venne in mente nulla. Provò allora, sempre mentre mangiava, a mettere le lettere sulla tavola e a vedere se ci fosse una sequenza logica: 6 più 2 per 2, e 2 per 1 più 7 più 9. Il risultato che davano tutte le somme era sempre 28, ma mancava lo spazio vuoto: doveva forse inserire un numero che non conosceva o che poteva essere lo zero? Oppure semplicemente non c'era alcun numero da aggiungere, e quindi restava nuovamente 28? Moltiplicando i numeri fra loro, i risultati non avevano alcun significato. Moltiplicandoli tutti per zero davano zero. Non aveva senso! Troppi dubbi, troppi pensieri gli passavano per la testa; decise che era meglio andare da Miriam, per cercare di trovare insieme a lei una soluzione. Prima di tutto, però, sarebbe dovuto andare a fare la spesa: non aveva quasi più niente in casa, e se non voleva morire di fame, avrebbe dovuto comprare qualcosa. Finì di mangiare, e mentre lavava i piatti si rese conto che il sugo che aveva mangiato non era poi troppo buono; sul fondo della pentola c'era un po' di muffa. Ariel non si era minimamente accorto di questa cosa, e adesso aveva paura che potesse fargli male. In futuro, avrebbe dovuto stare più attento, ma come al solito era sempre con la testa fra le nuvole. Pensò anche che se avesse invitato a casa Miriam non avrebbe potuto certo darle da mangiare qualcosa di andato a male. Che figura avrebbe fatto? Ma cosa provava per Miriam?

Ci stava ancora pensando, mentre lavava i piatti; sicuramente le voleva molto bene. Ma era ora di sbrigarsi, perché se no il supermercato avrebbe chiuso, e sarebbe veramente morto di fame, nella dispensa non aveva quasi più niente. Mentre si avviava, ancora molti pensieri gli si affollavano nella mente. Gli sembrava che, dal momento in cui aveva parlato con il vecchio, la sua vita fosse cambiata, che il tempo si fosse fermato. Era come se quell'incontro fosse avvenuto chissà quanti anni fa. Sicuramente i fatti che stava vivendo gli davano la sensazione di un'enorme accelerazione temporale. Non aveva comunque più tanto tempo, doveva risolvere questo enigma il prima possibile. Gli faceva paura, ma allo stesso tempo lo divertiva molto.

Andò verso il supermercato, e per poco non si fece investire da una macchina: mentre attraversava fuori dalle strisce, stava guardando in alto, e immaginava di vedere le lettere che si muovevano. Queste lettere creavano dei numeri, e lui li vedeva là in alto, che si mescolavano: stava sognando ad occhi aperti. La macchina, per riportarlo alla realtà suonò il clacson. Si rese conto di aver visto "volare" le lettere in alto nel cielo, e forse questo voleva dire qualcosa. La soluzione era vicina, ne era convinto, anche se non aveva ancora trovato il bandolo dalla matassa. Era sicuro però che presto gli sarebbe arrivata, quando meno se l'aspettava, ne era certo. Fece un cenno all'automobilista per scusarsi e proseguì. Ora doveva concentrarsi sul prendere gli alimenti casher: doveva leggere le etichette dei cibi per capire se gli ingredienti con cui erano fatti fossero permessi. Era importante che all'interno del cibo non ci fossero cose vietate dalla legge ebraica della casherut. Non doveva pensare ad altro: doveva concentrarsi sulla spesa.

CAPITOLO VI

Le cose andarono diversamente. Mentre si stava recando al supermercato che si trovava vicino al Tempio, Ariel pensò di cambiar piano e di fare una visita al rabbino. Non aveva intenzione di dirgli nulla di particolare, voleva solo capire se lui sapesse qualcosa. Il rabbino sicuramente doveva essere a conoscenza di questi fatti: lui era la persona più qualificata in comunità, e quindi era al corrente di cose che gli altri non sapevano. E poi, si sa che la gente va dal rabbino per confidare i propri segreti; mai lui li avrebbe resi noti. Ogni rabbino tiene le confidenze fatte per sé, e non le dice mai a nessuno, o almeno così dovrebbe essere: ha l'obbligo morale di non rivelare a nessuno le vicende e le storie di cui viene a conoscenza. Quindi Ariel pensò che forse, in passato, qualcuno poteva essere andato da lui per raccontargli di quello strano passaggio segreto e di cosa conteneva. O forse, dopo quel colloquio, avrebbe saputo una volta per tutte che questa storia era tutta una finta. Fece quindi una piccola deviazione verso la casa di Miriam, suonò il campanello e attraverso il citofono le comunicò che sarebbe passato da lei solo più tardi.

"Non ti preoccupare Miriam, è tutto sotto controllo. Provo ad andare dal rabbino senza svelare quello che so, magari lui mi può aiutare. Vedi che seguo il tuo consiglio di farmi aiutare da qualcuno?", disse. "Ariel", rispose lei, "ci ho pensato a lungo: fai quello che senti e che credi giusto. Io sono qui, lo sai, e se ne avrai bisogno correrò ad aiutarti. Ti prego solo di stare attento, non sappiamo con che forze abbiamo a che fare. È tutto molto misterioso, e può essere che non vada a finire come noi ci aspettiamo".

Al citofono, comunque, Miriam sembrava più tranquilla della sera precedente; la sua voce era molto calma. Ariel si sentì un po' più sollevato e meno preoccupato per lei. La salutò mandandole un bacio e le disse che si sarebbe fatto vivo presto. Poi si avviò verso il Tempio; arrivato là vicino, trovò la porta aperta: in quel momento stava uscendo uno dei dipendenti che lavorava negli uffici della comunità. L'edificio, oltre al Tempio grande e a quello piccolo, ospitava al primo piano anche gli uffici. Il ragazzo salutò Ariel e lo fece accomodare nel vano della porta.

"Ciao David", chiese Ariel, "come stai? Sai se per caso c'è il rabbino? Dovrei parlare con lui".

"Caro Ariel. Sto molto bene, anche se ultimamente mi continua a far male la testa. Sai che soffro di emicrania ormai da tanto tempo?" disse il ragazzo.

"Eh sì, me ne hai parlato più volte", rispose Ariel. "Spero che ti passi presto."

"Se cerchi il rabbino, è nel suo ufficio in primo piano" continuò David. "Sai che hai un aspetto un po', pallido Ariel? Riguardati, perché ti vedo strapazzato", concluse. I due si salutarono, e Ariel s'incamminò sulla rampa di scale che portava al primo piano. Quando arrivò davanti alla porta dell'ufficio rabbinico, bussò e sentì la voce del rabbino che lo invitava a entrare. Come al solito era là, alla sua scrivania: stava consultando carte e documenti di non si sa quale processo rabbinico che stava seguendo. Forse, pensò Ariel, era una conversione, o un divorzio, tutti casi in cui il rabbino veniva sempre coinvolto e sui quali doveva dar risposta, essendo il matrimonio una pratica religiosa molto importante per l'ebraismo.

"Siediti pure, Ariel. Dammi solo un momento, finisco di leggere questi fogli; così non perdo il filo del discorso e poi sarò con te", disse il rabbino senza staccare gli occhi dalle carte. Era buffo vedere con quanta meticolosità il rabbino consultasse quei fogli sparsi tutti sgualciti, scritti in ebraico, che non erano sicuramente facili da comprendere. Questa era proprio una delle ragioni per cui Ariel aveva deciso, già da tempo, di non fare il rabbino. E ce n'erano anche altre, di ragioni: molto spesso Ariel non era d'accordo sulle decisioni che i rabbini prendevano, pensava che fossero una specie di casta, che si proteggessero l'un l'altro. Non sempre era in linea con il pensiero rabbinico contemporaneo, e quindi non si sentiva portato, o pronto fino in fondo per seguire quella carriera che l'avrebbe portato spesso a scontrarsi con altri suoi colleghi.

"Cosa fai da queste parti? Allora, dimmi: di cosa si tratta? Come mai ti vedo tutto trafelato?" chiese il rabbino mentre guardava ancora le carte. Ecco: come spesso accadeva, il rabbino aveva fatto già tre domande, quando invece era Ariel che doveva chiedere qualcosa a lui.

"Io sto abbastanza bene, passavo da queste parti; volevo così chiacchierare e chiederti un paio di cose", rispose Ariel con molta tranquillità. Prese poi fiato e proseguì. "Ascoltami bene, ho una curiosità: volevo chiederti se per caso hai saputo anche tu di lavori di restauro del Tempio? Devono farli presto?"

"Ah sì sì", rispose con impeto il rabbino, "anche se non hanno scelto il momento giusto: ci sono le feste, e c'è quel matrimonio da celebrare. Come farò a fare tutte le cose con il Tempio devastato dai lavori che vogliono fare? Del resto il consiglio della comunità ha detto che non si può rimandare, e, come sai, loro sono quelli che alla fine decidono. Non deve essere un ruolo semplice, ma qualcuno deve pur prendere delle decisioni. Loro sanno benissimo che non è il momento ideale, ma il presidente mi ha detto che non era più possibile rimandare, se no il Tempio sarebbe crollato a pezzi. Non so nemmeno che tipo di lavori debbano fare" disse il rabbino tutto d'un fiato. Poi continuò come nulla fosse, senza aspettare una replica di Ariel. "Sai che il Tempio è stato inaugurato nel 1912? Il 27 giugno, in data ebraica, sarebbe giovedì 12 di tamuz 5762, quindi sono passati tantissimi anni e i lavori di manutenzione devono essere assolutamente fatti. Dopo solo quattro anni di lavori, che per l'epoca erano veramente pochi, hai visto che razza di monumento hanno costruito? Per me è il più grande in Europa, checché se ne dica... Sai come sono i magiari... a Budapest pensano di essere i migliori. Pensano che la loro sinagoga sia più grande e basta. Ma io non sono d'accordo", disse il rabbino con ancora più entusiasmo. "Ti racconto la storia se vuoi".

"Sì, sì, mi interessa", disse Ariel.

Ariel ascoltava con molto interesse il rabbino, che continuava a parlare senza nemmeno vedere se qualcuno lo stesse ascoltando. Accade spesso che i rabbini parlino, parlino e parlino, forse perché a loro piace dilungarsi nei discorsi, parlarsi un po' addosso. Sono poi le loro stesse mogli che dicono di non poterne più, e che i rabbini, anche a casa, parlano, parlano e parlano. Vi chiederete a questo punto se ai rabbini interessi sapere se tutte queste parole che dicono vengano poi ascoltate davvero; penso che a loro non importi poi così tanto, l'importante è parlare. Questo, peraltro, era un altro dei pensieri lucidi di Ariel nei confronti della classe rabbinica.

Visto il suo assenso, il rabbino incominciò quindi a raccontare della costruzione del Tempio maggiore di Trieste. "Devi sapere, Ariel, che le prime discussioni in comunità sulla possibilità di costruire un nuovo Tempio iniziarono attorno agli anni Settanta dell'Ottocento. Quelli che aveva già a disposizione erano quattro, ma erano considerati troppo piccoli. Queste sinagoghe, dette scole, erano chiuse all'interno di altre case, e quindi non consentivano il decoro giusto che la comunità voleva dare alla cittadinanza triestina. Devi pensare che a Trieste c'era il porto, che era considerato importantissimo, e la comunità era così rilevante anche all'interno di esso, dove avvenivano la maggior parte degli scambi commerciali. Quindi molti cittadini anche non ebrei partecipavano a matrimoni e funerali ebraici perché si conoscevano e si stimavano tutti. Anche all'interno dell'Impero Asburgico, l'emancipazione politica del 1867 aveva portato, soprattutto a Trieste, a una progressiva integrazione degli ebrei, che si sentivano cittadini e parte della società a tutti gli effetti. Era quindi importante per molti ebrei ricchi non sfigurare agli occhi del resto dell'alta società, facendo vedere che anche la comunità ebraica aveva un Tempio di dimensioni e importanza adeguata".

Il rabbino continuava a parlare come se stesse tenendo una conferenza di storia alla presenza di un nutrito pubblico; non si stava minimamente ponendo il dubbio se ad Ariel queste cose potessero interessare o meno.

"Per invogliare gli ebrei a partecipare alle funzioni", continuò il rabbino, "si era pensato di installare un organo all'interno della sinagoga, che poteva così attirare tanti adepti, come del resto avveniva nelle chiese delle varie religioni che si trovavano a Trieste. Insomma la musica univa le persone, e le invogliava a stare insieme condividendo momenti di preghiera e riflessione. Visto il pochissimo spazio che si trovava nelle sinagoghe, l'organo, che arrivava dall'Austria, fu installato all'interno di quella maggiore, che venne costruita soltanto nel 1912. C'erano state molte difficoltà anche per trovare il posto adatto dove erigere un edificio destinato a essere molto grande e che aveva bisogno di un basamento molto robusto, in grado di sostenere tutto quel peso. Fu scelta come zona quella di via san Francesco, che era comunque distante da via del Monte e dal ghetto, situati in Città Vecchia. Per far costruire il Tempio grande fu indetto un concorso molto importante al quale parteciparono architetti da tutta l'Europa, ma che alla fine non soddisfecero le aspettative comunitarie; insomma non si riusciva a trovare una soluzione che andasse bene per tutti. Bisogna anche dire che molti della comunità ebraica in realtà non volevano una sinagoga, ma una chiesa, ovvero un edificio che fosse del tutto simile ad una costruzione dedicata al culto. Cosa volevano esattamente i nostri fedeli ebrei?" chiese il rabbino, mostrandosi turbato. "Cosa cercavano? Forse un'altra religione? Non erano forse contenti dell'ebraismo che stavano vivendo? Probabilmente si sentivano diversi dentro, e questo li faceva star male; i non ebrei li facevano sempre sentire diversi: stranieri in terra propria. Avevano bisogno a tutti costi di sentirsi emancipati e inseriti nella società in cui vivevano. Non potevano pensare di essere estranei in casa propria, di sentirsi non accettati anche nei palazzi e nei salotti dei borghesi. Eh sì, questo era un vero problema... ma dove ero rimasto? Ah sì, dunque: alla fine non venne accettato nessuno dei progetti che erano stati presentati, e venne chiamato l'architetto Ruggero Berlam, che assieme al figlio Arduino presentò, nel 1906, un nuovo progetto per il Tempio. Bisognava ovviamente trovare anche una soluzione per non spendere troppi soldi, anche perché la comunità si era indebitata fortemente per poter far fronte alla costruzione di una così grande sinagoga. Sarebbe stata probabilmente fra le più grandi in Europa, se non la più grande. Come ti ho accennato prima, ancora oggi si dibatte sulla grandezza e la si mette in relazione con quella di Budapest; io ti dico di nuovo, e se vuoi lo sottoscrivo qua, caro Ariel, che senza ombra di dubbio la nostra è la più grande e la più bella!" Disse questa frase con grande soddisfazione e amore.

"Quindi, nel gennaio del 1907 Berlam presentava i primi progetti, portando il costo generale da 1 milione e centotrentamila a ottocentomila Corone, che ti posso assicurare, a quel tempo era veramente una cifra enorme! Ma gli ebrei triestini non avrebbero mai e poi mai rinunciato a questo progetto: ne andava della vita futura della comunità stessa. La posa della prima pietra avvenne solo nel 1908, esattamente il 21 di giugno, e per parteciparvi fu necessario ottenere un invito speciale, dato solo a poche persone. Grazie agli sforzi dei dirigenti della comunità, il nuovo Tempio Maggiore, maestoso e imponente, fu finalmente inaugurato il 27 giugno del 1912. La grandiosità della costruzione, il suo stile siriaco e le sue dimensioni portarono a far sì che tutta la cittadinanza accorresse all'inaugurazione, che fu sostenuta e accompagnata dall'imponente organo, con una scaletta fatta e pensata apposta per l'evento dal maestro Davide Gentilli. L'organo arrivò dalla Slesia Orientale, fatto fare dalla ditta Rieger Jagerndorf". Gli occhi del rabbino brillavano, mentre raccontava queste cose; lui adorava il suono dell'organo che si spandeva nel Tempio e amava celebrare feste e matrimoni usando quel bellissimo strumento. Ovviamente, quando la legge ebraica lo permetteva.

"Sai, c'è anche questa curiosità: quando l'organista suona, il suono ci mette ad arrivare a me circa un secondo. Quindi l'organista deve anticipare quello che sta suonando, e io devo seguirlo con la voce, così non perdo nemmeno una nota; vedi quanto grande è il nostro Tempio? Questo aneddoto viene usato dalle guide turistiche".

Di questo Ariel aveva già sentito parlare, ma interrompere il rabbino era ormai impossibile.

"Ovviamente in tutto questo ci sono stati anche dei lati negativi. Lo sai che c'è la storia del torrente sotto il Tempio? Sì, è stato costruito proprio sopra a un fiumiciattolo, e tutta quella umidità fa sì che la struttura sia piena di muffa, su tutte le pareti. Sai, quando nel 1908 hanno dato alla comunità questa zona per erigere il Tempio, non è che fosse molto bella, anzi era abbastanza paludosa. Io penso che tutto questo sia veramente molto bello, e che si debba in tutti modi farlo conoscere; dobbiamo far venire altre comunità qui, a fare delle feste. Dobbiamo invitare gente, organizzare concerti, più matrimoni; insomma, far rivivere questo posto. Il Tempio non è solo luogo di preghiera, ma anche di gioia. Anche in Israele fanno un sacco di concerti e visite guidate; anche qui dobbiamo darci da fare, se non vogliamo che la comunità si spenga, e che nessuno poi frequenti la nostra scuola e la nostra sinagoga. Dobbiamo lavorare per far sì che la comunità sia sempre popolata, e che la gente trovi nel Tempio un luogo accogliente, un posto dove ci si trovi come a casa propria".

Mentre parlava, i suoi occhi si illuminavano di gioia, si vedeva quanto tenesse alla sua comunità, e per questo Ariel lo ammirava.

"So che non è facile", proseguì il rabbino, "ma è mio compito anche questo: lavorare per far tornare la gente in comunità. Anche le altre confessioni religiose hanno problemi per far venire i propri fedeli alle loro funzioni; la fede è una cosa che ultimamente è scomparsa, siamo troppo tecnologici e abbiamo dimenticato Dio. So che è una riflessione molto profonda, ma questa discussione posso farla con te, che capisci di cosa sto esattamente parlando. Forse anche tu puoi darmi qualche suggerimento per migliorare". Il rabbino si fermò per un momento pensando a tutte quelle vicende vissute dalla comunità ebraica negli anni passati, ai sacrifici per costruire il Tempio e a quelli che doveva fare ora per tenerlo in ordine; ma lo sforzo aveva dato i suoi frutti. C'era però, purtroppo, pochissima gente;

molto era dovuto anche alla grande perdita di tantissime vite nella Seconda Guerra Mondiale, tutti sapevano quanti morti aveva portato.

"Se vuoi", disse ancora il rabbino, " ti parlo anche della storia degli ebrei a Trieste che erano già presenti a partire almeno dal 1226. La comunità nasce invece nel 1746, e poi anche il ghetto ebraico ha una storia antica, inizia nel 1696".

Ariel, con un gesto, l'interruppe. "No no, quella storia, quella della nostra comunità, la conosco bene, grazie. Sono nato qui, non ti ricordi?" disse Ariel sorridendo. "Noto con grande gioia, caro Rav, che sei molto innamorato della nostra comunità, so che stai facendo un buon lavoro e ti auguro di riuscire a far venire più gente possibile al Tempio. Spero che in futuro ci siano tanti matrimoni".

Fu il rabbino, stavolta, ad alzare la mano come per fermarlo. Gli disse ridendo: "Forse presto anche il tuo? Speriamo...". Tutti e due scoppiarono in una fragorosa risata. "Ah sì... è vero, è vero, abbiamo perso un po' il filo del discorso. Quindi, cos'altro volevi sapere esattamente, Ariel?" continuò il rabbino.

"Ah nulla, volevo solo la conferma di alcune cose che avevo pensato. Sai, perché quel vecchietto che viene sempre, quello con la barba bianca e con il vestito nero, mi ha appunto detto che facevano dei lavori di restauro, e volevo sapere il perché. Insomma ero curioso di capire se fossero solo lavori di restauro o se c'era qualche altra ragione particolare", rispose Ariel.

Il rabbino l'osservò abbastanza incredulo, come se non sapesse a che cosa o a chi si riferisse.

"Vecchio con la barba bianca? Ma di chi stai parlando?"

"Ma sì, quel vecchietto che l'altro giorno è venuto al Tempio e poi si è fermato a parlare con me, non ti ricordi? Mi sembra che venga spesso".

"Scusa, caro Ariel", disse il rabbino, "forse ti sbagli. Ma ho capito a chi ti riferisci: quel vecchietto di cui stai parlando, purtroppo, sarà quasi due anni che è morto; e io l'altro giorno ti ho visto da solo, e non parlavi con nessuno, ne sono sicuro"!

Ariel rimase senza parole, la faccia che mostrava incredulità e stupore allo stesso momento.

"Cosa ti succede Ariel? Cosa ti ho detto di tanto strano? Non lo sapevi già"? Di nuovo tre domande, alle quali Ariel non aveva nessuna risposta pronta. "Pensavo che tu lo sapessi del vecchietto", continuò il rabbino, "come ti ho detto è successo già un po' di tempo fa. L'altro giorno, quando sei venuto e ci siamo visti, eri solo, e non hai parlato con nessuno, te lo ripeto… ma stai bene? Ti vedo un po' stanco, ultimamente. Hai perso un po' della tua solita vivacità, mi sembri un po' più ombroso e spento. Posso aiutarti in qualche modo? Sai che al tuo rabbino puoi dire tutto. Dipende forse da quella bella ragazza"? Era ovvio che si stesse riferendo a Miriam. Nuovamente tre domande; forse troppe. Ariel non sapeva come controbattere ed era molto turbato. "Dimmi, come posso aiutarti"? Veramente sai che ci tengo tanto a te. Non posso vederti così"! Disse il rabbino.

"Non ti preoccupare", rispose Ariel. "Forse mi sono sbagliato tutto qua, probabilmente ho fatto, l'altra sera, dei brutti sogni, e ho confuso la realtà con la finzione. Ma ti prego di raccontami ancora dei lavori: sono curioso di sapere cosa vogliono fare, è una cosa che mi interessa particolarmente", continuò Ariel.

“Sì”, disse il rabbino, “faranno dei lavori per sistemare la struttura, che è in alcuni punti pericolante a causa dell’umidità. Metteranno a posto la cupola e ridipingeranno le volte, nei punti dove sono dipinti i Salmi che sono stati cancellati dal tempo e dall’acqua. Poi sistemeranno anche la struttura dell’Aron HaQodesh; anche quella ha bisogno di essere messa in ordine. Infatti porteremo i Sefrè Torà tutti nel Tempio piccolo, perché la’, nel Tempio grande, faranno dei lavori abbastanza importanti di risistemazione degli interni”.

Ariel, sentito ciò, si preoccupò ancora di più, ma non voleva insistere troppo per non mettere in allarme il suo rabbino; ancora una cosa, però, doveva assolutamente chiedergliela. “Hai sentito mai per caso parlare di passaggi segreti dentro al Tempio, o di posti che contengono oggetti particolari”?

“Ma Ariel, cosa dici”? Il rabbino lo guardò con simpatia. “Non c’è nessun passaggio segreto o posti segreti. C’era una stanza che era stata occultata durante la Seconda Guerra Mondiale, usata per nascondere gli argenti e i Sefrè Torà del Tempio, e quando i fascisti vennero per cercare cose da rubare non trovarono nulla. Per fortuna, nelle piante ufficiali del Tempio, quella stanza segreta non era stata disegnata, e quindi non risultava da nessuna parte. Poi per caso, un giorno, spostando dei mobili, quella stanza è stata ritrovata con tutto il tesoro che conteneva. Per fortuna non la trovarono neppure i tedeschi. Posso assicurarti che in tutti questi anni da quando sono qua nessuna stanza segreta né passaggio segreto è mai saltato fuori. Guarda, ho proprio qua le piante del Tempio, e come puoi ben vedere non c’è nulla”.

Effettivamente, nelle piantine che il rabbino teneva davanti, non si vedeva nessuna porta segreta o stanza segreta; quella a cui si riferiva era stata costruita e non segnata sulle carte proprio per nascondere le cose più preziose della comunità, e per fortuna lo stratagemma aveva funzionato. "Ecco qui, vedi" proseguì il rabbino mostrandogli uno dei disegni, "in questo punto c'è la stanza segreta, quella che i tedeschi non hanno visto, che però non è segnata; altro non c'è, nulla. Ma come ti vengono queste idee"?

"Mah, Rav, era solo così, per sentito dire. Avevo questa curiosità già da un po' di mesi; sai quanto sono curioso, e oggi avevo anche un po' di tempo libero, così sono passato a chiederti un'opinione su quello che avevo sentito".

"Come vanno i tuoi studi? Procedono? Quando diventerai mio collega"? Continuò il rabbino. Nuovamente tre domande, a cui era veramente, di nuovo, difficile rispondere. Ariel rimase molto sul vago, e parlò delle sue idee sulla libertà di vivere la religione a proprio modo, senza essere per forza indottrinati. Gli spiegò che in questo periodo la religione gli stava un po' stretta, come se gli gravasse sul corpo: aveva bisogno di riflettere. Per il resto, disse al rabbino, tutto procedeva per il meglio; ma adesso doveva andare via, perché doveva correre a fare la spesa. Non provò minimamente ad accennargli della sua grande amicizia o amore per Miriam, era meglio non toccare quel discorso, perché sapeva benissimo che il rabbino avrebbe spinto per farli sposare. In questo momento doveva pensare ad altre cose, ben più importanti; o almeno così lui credeva.

"Grazie, Rav, delle bellissime cose che mi ha raccontato, spero di poter venire prossimamente alle tue lezioni. Se avrò delle altre curiosità verrò di nuovo a trovarti. Sei un pozzo di scienza. Grazie veramente di tutto" disse Ariel, salutando.

"Grazie Ariel, torno alle mie carte. Rimetti in salute e ci rivediamo presto", concluse il rabbino. Ariel non aveva voglia di rispiegargli che stava bene, si congedò e finalmente si diresse verso il supermercato. Pensò a lungo alle parole del rabbino, e si rese conto che non aveva nessuna prova in mano, e che magari tutto quello che stava vivendo era veramente solo un brutto sogno. Eppure, il vecchio era stato reale per lui, e anche il nascondiglio segreto lo era, con quelle strane lettere ebraiche messe là; di questo era certo. Gli venne un brivido pensando al fatto che il vecchio fosse morto da più di due anni; ma allora con chi, o con che cosa, aveva parlato? Forse con un fantasma, che era venuto dall'altro mondo per metterlo in allerta su quello che stava succedendo? Forse il libro era veramente così pericoloso come si raccontava, e bisognava assolutamente non farlo cadere in mani sbagliate. Forse aveva sognato tutto o forse tutto era vero; doveva andare in fondo. Aveva capito quanto fosse ormai necessario farsi aiutare da qualcuno; da solo non sarebbe riuscito a fare nulla. Miriam era la persona di cui lui si fidava di più, ma non era sufficiente; doveva trovare ancora qualcuno che gli desse una mano in quella ricerca, da solo non sarebbe andato da nessuna parte. Questa volta, però, andò veramente al supermercato, e restò lì per quasi un'ora. Comprò come al solito cose inutili che poi rimanevano sugli scaffali e andavano a male. Fatta la spesa, la portò a casa, la mise nel frigo spingendo dentro gli alimenti a casaccio e alla rinfusa, e si diresse verso la casa di Miriam. Doveva nuovamente parlare con lei e raccontarle tutto quello che il rabbino gli aveva detto.

CAPITOLO VII

Arrivato a casa di Miriam, Ariel si sedette sul suo comodo divano e aspettò che lei preparasse il tè. La guardava come si muoveva in cucina, e come il suo modo così sensibile di parlare e prendere le cose lo facessero sentire bene. La ammirava per come si stava comportando in questo momento molto difficile, e il sentimento che provava nei suoi confronti cresceva di giorno in giorno. Notò che i capelli le stavano benissimo, e quel giorno aveva un rossetto leggero che la faceva veramente apparire sensuale. Pensò che si sentiva molto tranquillo nella casa di Miriam: era come se fosse a casa sua, ma qui era tutto molto più ordinato e pulito. Gli piaceva molto quell'ambiente così tranquillo e pacato, gli dava un senso di serenità e gioia. Stava pensando che era proprio contento di avere un'amica come lei… ma era solo un'amica o era qualcosa di più? Ariel si stava innamorando, di questo era abbastanza certo. La guardava mentre preparava le tazze, osservava le sue belle mani e i capelli fluenti, pensava che il suo sentimento si stava veramente trasformando in qualcosa di più di una semplice amicizia. Forse era amore? Non riusciva ancora a capirlo bene, ma era sicuro che fosse molto forte. Sì, era amore. Ma, come al solito, nella sua testa c'era molta confusione, e non riusciva bene a mettere a fuoco cosa stesse provando. Stimava tantissimo Miriam e gli piaceva come parlava, e come si comportava anche con gli altri; lo vedeva nei suoi occhi, come lei guardava dolcemente le persone. Chissà se anche lei provava la stessa cosa per lui? E mentre pensava a questo, Miriam arrivò appunto con il tè.

"Allora, cosa ti ha detto il rabbino"? Chiese. "Devi raccontarmi tutto come se io avessi sei anni, in modo da farmi capire bene tutto quello che è successo. Devi riferirmi tutti i particolari della vostra discussione, così potrò farmi un'idea generale, e troveremo sicuramente il modo per risolvere l'enigma. Allora raccontami", disse Miriam, versando il tè bollente nelle tazze. La luce che aveva negli occhi, e il modo in cui lo guardava, era proprio affascinante, pensò Ariel. Molto. Miriam si alzò per andare a prendere lo zucchero e dei biscotti che aveva comprato il giorno prima, e che era sicura fossero casher: per Ariel questo era molto importante. Lei non era così attenta ai dettami della religione, non come lui: non mangiava sicuramente maiale, ma sugli ingredienti delle cose che comprava non faceva poi così tanta attenzione.

"Mah", iniziò Ariel, sorseggiando il tè, che era ancora molto caldo,"non ho capito bene se il rabbino veramente non sa nulla o se piuttosto non si vuole sbottonare sulle cose inerenti ai misteri del Tempio. Mi diceva con convinzione che non c'è assolutamente nessuna porta segreta e nessun passaggio segreto, quindi non so cosa pensare. Per dirti la verità, nemmeno mi fido di dirgli tutte le cose che ti ho raccontato. Resta il fatto che non sono ancora riuscito a capire come risolvere l'enigma della porta; tu che ne pensi"? le chiese, masticando due biscotti assieme.

"Non so cosa dire, Ariel; mi aspettavo dal rabbino un aiuto in più. Molto probabilmente non sa veramente nulla, se no te l'avrebbe detto credo. Che rapporto hai con lui, Ariel"?

"Mah, è stato sempre buono e cordiale, e come vedi collaboriamo spesso durante le lezioni".

"Credo però che se lui sapesse o sospettasse qualcosa, sicuramente non te l'avrebbe nascosto", ribatté Miriam.

"Si credo anch'io", disse Ariel. Poi continuò a raccontarle per filo e per segno cosa si erano detti. Le disse che era anche molto turbato dal fatto che il rabbino non si ricordasse del vecchio; non sapeva darsi una spiegazione razionale. Forse si era immaginato tutto, disse, oppure era un sogno premonitore che lo voleva mettere in guardia o comunicargli qualcosa. Ma Ariel era certo di ciò che aveva detto e di quello che aveva visto nel Tempio. Sicuramente, in tutto questo c'era un grande mistero, che bisognava assolutamente risolvere.

Miriam lo guardò con curiosità e simpatia; lei gli credeva, ed era sicura che il suo racconto fosse vero.

"Ma tu cosa ne pensi, Miriam, sono fuori di testa? Dimmelo ti prego subito, così mi faccio ricoverare, e festa finita. Io non ho paura ad ammettere di aver sbagliato, ma molte tracce portano a confermare quello che il vecchio o chi per lui mi ha suggerito".

"Credo che il mistero si infittisca sempre di più; anch'io ci ho pensato a lungo, ma non trovo una soluzione efficace. No, non sei assolutamente fuori di testa, anzi io ti credo" disse Miriam con enfasi.

"Sai, poi quelle lettere io non so proprio cosa vogliano dire. Forse sarà una formula, o una data, o una frase: non ne ho la più pallida idea" disse Ariel. Ci fu un attimo di silenzio; entrambi stavano pensando a come risolvere la questione e a chi si potesse chiedere un aiuto.

"Aspetta", disse Miriam, "hai detto una data, una formula? Forse le lettere hanno un valore numerico e dalle lettere si può arrivare a un risultato. Ma di cosa? Se proviamo a moltiplicare i numeri, le possibilità saranno infinite, e non troveremmo mai la risposta".

Ariel prese in mano il suo quadernetto, poi raccolse dei

fogli che erano su una sedia e li stracciò, formando dei piccoli pezzi. Prese una matita che era appoggiata sul tavolo, e scrisse, su ciascuno di quei pezzi di carta, le lettere, una a una. A ogni lettera aggiunse il valore numerico, ma come aveva già visto si ritrovava con dei numeri senza significato, come se fossero messi così, a caso. Mentre si versava dell'altro tè, continuava a osservare quei disegni, quelle lettere e quei numeri, ma non gli veniva in mente nulla. Nulla di nulla. Era veramente scoraggiato. Rifece lo stesso ragionamento più e più volte, ma era lo stesso che aveva già fatto in precedenza: la alef valeva 1 e ce n'erano 2, la teth 9, mentre la vav 6. La beth 2, ce n'erano 2, la zain valeva 7 e il posto vuoto, cosa significava? Sommando insieme tutto si otteneva un numero che valeva 28, ma che non aveva, in sé, nessun significato; provando poi a mescolare i numeri non ne veniva fuori di nuovo niente. Sapeva bene che il valore di 26 simboleggiava il nome di Dio, ma il numero 28 nulla, nulla, nulla. Miriam guardava anche lei con curiosità le lettere su quei pezzetti di carta, e allo stesso modo non riusciva a darne nessuna lettura. In più mancava il pezzo vuoto, che non si capiva quale valore potesse avere. Allora Ariel buttò per aria quei pezzi di carta, quasi più per gioco che per disperazione, e quando caddero sul tavolo il numero 1 era vicino al 9 e anche vicino all'altro 1. Quel lancio gli ricordava molto le lettere volanti che aveva sentito nominare dal vecchio, come se fosse tutto parte di un libro volante, che si librava nel cielo, e tutto ciò gli ricordava qualcosa del suo sogno.

"Aspetta un momento" disse Miriam, stupita, quasi con gioia. "Non potrebbe appunto essere una data come 1912, che, se non sbaglio, ricorda qualcosa?" chiese.

"Beh, mi sembra troppo facile", rispose Ariel. "Anche perché magari avrebbero potuto usare una data ebraica".

“Si, è vero”, continuò Miriam. “Ma se chi ha costruito il passaggio segreto e la combinazione avesse voluto davvero occultare qualcosa? Magari non conosceva bene l’ebraico, o voleva depistare chi di numerologia, invece, ne sa? Quindi avrebbe usato un sistema... diciamo, ibrido... tralasciando la data ebraica e prendendo quella civile”, continuò cercando un cenno di assenso da parte di Ariel.

“Sì, hai ragione”, disse lui con impeto. “1912 è la data di costruzione del Tempio, precisamente il 27 giugno del 1912, e quindi le lettere corrispondono ai numeri della data... è così, ne sono certo”, e buttò nuovamente per aria i pezzi di carta come se fossero stati dei coriandoli. Risero entrambi insieme, si stavano per abbracciare, e Ariel disse ancora: “Sai che è stato un ebreo triestino a inventare i coriandoli? Si chiamava Ettore Fenderl, lo sapevi? Va beh, magari questa storia te la racconto un’altra volta... dove eravamo rimasti? Ah...”

Ariel prese un foglio bianco e scrisse “27061912”: il 27 giugno del 1912, e quel punto vuoto corrispondeva allo zero che fra i segni ebraici non esiste: non si calcola infatti lo zero come valore a sé stante. Ariel aveva pensato che se avesse moltiplicato i numeri che conosceva per zero avrebbero dato zero e quindi nuovamente nessun significato; forse per quello non era stato scritto, come indizio, ma solo accennato.

“Hai perfettamente ragione; è impressionante, ma dovrebbe essere proprio così. Hai visto che c’è l’abbiamo fatta?” Disse sorridendo Miriam.

“Aspetta un momento, non è detto che sia proprio così, anche se mi sembra che tutto ciò abbia un senso. Siamo stati bravi...” Non finì la frase che Miriam gli si butto al collo per abbracciarlo e per felicitarsi ancora della scoperta appena fatta.

Ariel non capì se quel gesto fosse solo amichevole, o se Miriam volesse invece baciarlo; fu così però che rovesciarono tutto il tè rimasto nelle tazze sul divano. Per un poco rimasero abbracciati e quel momento, per Ariel, fu di felicità pura; sembrava che il tempo si fosse fermato. Sentire le sue braccia attorno al proprio collo lo faceva stare benissimo; il suo sentimento ormai era chiaro, e pensava che fosse anche quello di Miriam.

"Ariel, devi subito tornare là e provare a vedere se in questo modo funziona" disse Miriam, spostandosi dall'abbraccio di Ariel.

"Scusa", disse Ariel con aria sorniona, "non avevi detto che era tutto sbagliato, e che non sarei mai e poi mai dovuto andare come un ladro dentro al Tempio"? Si guardarono, e scoppiarono a ridere entrambi; avevano capito quale fosse la cosa giusta da fare.

"Sì, hai perfettamente ragione, Ariel", rispose Miriam, "ma questa volta devi andarci preparato. Questa volta portati una lampada e tutte le altre cose che potrebbero servirti. In più portati delle scarpe adatte e silenziose, così non prenderai paura quando cammini. Forse le migliori sarebbero quelle da ginnastica, sono leggere ma allo stesso tempo comode", continuò Miriam.

"Sì", disse con cautela Ariel, "ma devo far passare qualche giorno, perché voglio prepararmi bene. Non vorrei come l'altra volta trovarmi in difficoltà", concluse con convinzione.

"Perfetto, ora pensiamo per bene a come preparare la tua nuova 'visita' al Tempio. Vorrei tanto venire con te a vivere questa avventura, ma credo che sia meglio che tu vada solo. Se ci vedessero insieme, sarebbe più difficile non farsi notare. Poi credo che sia tu il predestinato per questa missione. Anche il fatto che il rabbino non si ricordi del vecchio e tu invece l'abbia visto è molto indicativo: sei tu il prescelto", disse Miriam senza attendere che Ariel controbattesse.

"Sì, hai ragione, e non so cosa farei senza di te... mi sei veramente cara, tu mi hai aiutato tantissimo, mi sento veramente bene quando ci sei. Devo ancora dirti che mi fido ciecamente dei tuoi pareri e delle tue opinioni, e vorrei dirti che..."

Miriam lo interruppe mettendogli una mano sulla bocca, come per zittirlo. Gli disse che ora bisognava pensare al piano che doveva affrontare e che per altre cose ci sarebbe stato tempo di parlarne anche successivamente. Era il momento di cenare, e Miriam si occupò anche di quello, e la cena fu favolosa. Poi continuarono per circa due ore a parlare di come avrebbe dovuto agire, di cosa sarebbe successo e di cosa avrebbe potuto trovare. Ariel era comunque abbastanza pensieroso, e non sapeva se la soluzione che aveva trovato fosse effettivamente giusta, anche se gli pareva abbastanza verosimile. Trovava molto ingegnoso che quella parola segreta fosse stata usata per la combinazione: non era stato poi così semplice arrivarci. Chissà cosa nascondeva quella porta; chissà a quali pericoli andava incontro, e cosa lo aspettava nelle prossime ore. Forse avrebbe scoperto qualcosa di inimmaginabile, o di pericoloso per lui e per il mondo intero. Forse, invece, non avrebbe scoperto nulla, e altro non era che tutta un'invenzione della sua folle mente; ma in tutto questo non voleva coinvolgere anche Miriam, e per questo era contento che lei non venisse. Era troppo pericoloso, e voleva che lei ne restasse fuori.

Con questi propositi, e dopo tanto parlare, si salutarono, e Ariel tornò a casa sua con mille pensieri, ma allo stesso tempo pronto a vivere una nuova avventura. Quella notte dormì molto bene, e a quanto ricordò poi non sognò nulla di particolare. Poco prima di addormentarsi, pensò a come Miriam fosse bella, e a quanto lui l'amasse. Sì, ne era sicuro: l'amava tanto, e sperava che anche lei provasse lo stesso sentimento per lui.

Ne era quasi sicuro, ed era contento. Incominciava già ad immaginarsi una possibile vita felice con Miriam; con almeno due bei bambini.

Con questo bellissimo pensiero, si addormentò.

CAPITOLO VIII

Lo Shammash del Tempio, il custode, si chiamava Ishai, ed era un giovane di buona famiglia ebraica; aveva accettato con molto entusiasmo il lavoro che svolgeva ormai da due anni all'interno del Tempio. Discendeva da una famiglia di origine sefardita, venuta probabilmente dalla Spagna, ma dei suoi genitori veri si sapeva ben poco. Da piccolo era stato abbandonato davanti a una sinagoga a Milano, e lì era stato trovato e poi cresciuto da un rabbino. La sua infanzia era stata comunque felice, anche se in qualche modo avrebbe volentieri voluto sapere qualcosa di più dei suoi veri genitori. Ishai aveva frequentato le scuole medie e superiori della comunità ebraica di Milano e poi aveva tentato di laurearsi all'università, senza grande successo. La sua vera passione era la musica, e gli piaceva tantissimo usare la voce e fare il cantore durante le preghiere. Era anche un ottimo chazzan, un ottimo cantore appunto, e spesso veniva chiamato nelle comunità ebraiche più piccole in Italia, per la celebrazione di alcune feste importanti. Era sempre molto contento di fare questo lavoro; gli dava molta soddisfazione e gioia. Oltre a quella per la musica aveva anche una grande passione per la lettura: amava tantissimo leggere i giornali israeliani, difficili da decifrare per chi non conoscesse bene l'ebraico. Ishai, grazie anche al padre adottivo e al suo ruolo di rabbino, era riuscito a imparare tanto e a parlare l'ebraico molto bene; questo lo aiutava anche per il suo lavoro. Un suo sogno era quello di andare a vivere in Israele, ma per il momento si trovava bene in Italia ed era molto affezionato ai suoi genitori adottivi. Ma lui non era solo un custode del Tempio: era anche la persona che lo preparava prima di tutte le funzioni, e che si occupava di aiutare il rabbino in tutte le sue mansioni. Amava profondamente quei momenti, amava stare con gli altri e aiutare le persone che pregavano a trovare il segno, poiché tutte le funzioni si svolgevano in ebraico e non tutti erano in grado di seguire con facilità. Anche quando c'era un funerale, doveva andare a preparare il cimitero e seguire tutte le incombenze burocratiche, aiutando i famigliari ad adempiere agli obblighi del caso. Lo Shammash aveva anche il compito, all'interno del Tempio, di consegnare i libri e gli scialli di preghiera ai fedeli. Fare questo aiutando gli altri era quello lo rendeva più felice, proprio perché la preghiera, in tutte le sinagoghe, al mondo, era sempre in ebraico e non tutti erano in grado di seguire la funzione. L'ebraico è come un'unica lingua, pensava Ishai, che si parla in tutto il mondo. È una lingua madre unica, e una persona che si reca in qualunque comunità ebraica nel mondo, si troverà sempre come se fosse a casa propria, nella propria sinagoga. Questo perché la lingua usata per le preghiere in tutte le sinagoghe è l'ebraico, ed è la lingua che lega tutto l'ebraismo, e sarà sempre così, così pensava Ishai. Quindi non solo l'ebraico si parla in Israele, ma si parla in tutte le sinagoghe del mondo; questo succede anche con l'Yiddish, che però è una lingua che si parlava nell'est europeo, nata dal dialetto germanico e quasi totalmente sparita. In alcune parti del mondo però l'Yiddish è ancora presente, e alcuni gruppi religiosi, come i Lubavitch, lo parlano ancora oggi.

Un'altra cosa che piaceva molto a Ishai era il fatto di avere le chiavi del Tempio; questo lo faceva sentire molto importante, anche perché lo aveva a disposizione, tutto per lui, in qualsiasi momento. Quando ne aveva voglia, poteva andarci al mattino, a mettere i filatteri e prendersi il proprio tempo per pregare senza che nessuno potesse disturbarlo. Gli piaceva anche, alla domenica, svegliarsi presto e andare nel Tempio grande a cantare: sentiva la sua voce riflettersi sotto le grandi arcate. Soprattutto, in quei momenti non aveva nessuno che gli mettesse fretta; poteva dire molto lentamente le preghiere, e cantare le melodie che gli piacevano di più. Naturalmente non poteva estrarre i rotoli del Sefer Torah, perché per farlo ci sarebbe voluta la presenza di altri nove ebrei. Ma di questo non si preoccupava, avvertiva che dentro al Tempio c'erano delle forze buone che lo facevano star bene. Si sentiva come cullato, come se gli spiriti lo tenessero in braccio e lo dondolassero. Questa era la sua sensazione, che però non raccontava a nessuno, se no l'avrebbero preso per pazzo.

Finite le preghiere, restava avvolto nello scialle anche per ore; di domenica non lavorava, e il Tempio era chiuso. Leggeva i salmi di David cantandoli a squarciagola, pensando e immaginando di essere assieme agli strumentisti del Primo Tempio di Gerusalemme, che accompagnavano le preghiere con la musica. Si pensa che, ai tempi del Re David, ci fossero stati più di centocinquantamila strumentisti, che si alternavano, suonando nelle preghiere, ad accompagnare con la musica le celebrazioni; all'interno del Santuario, esse avvenivano giornalmente. Addirittura, prima della distruzione dei due Templi, si suonava anche di Shabbath, di sabato, cosa che oggi non si può più fare. Questo dispiaceva molto a Ishai perché per lui la musica era una cosa molto importante. Pensava che se un giorno il Terzo Tempio fosse stato riedificato si sarebbe potuto nuovamente fare musica. Una delle frasi che amava di più era quella che si diceva alla fine delle Diciotto Benedizioni che si recitavano tre volte al giorno (che poi erano diciannove e non capiva il perché del diciotto, forse perché, a un certo punto della storia, ne era stata aggiunta una): "Sia la tua volontà o Signore, D-o nostro e D-o dei nostri padri, che il Santuario sia ricostruito presto, ai nostri giorni, facci partecipe della Tua Torah e Ti serviremo con rispetto come negli antichi tempi, negli anni lontani". Erano delle parole molto forti;

ed evocavano concetti che per l'ebraismo sono fondamentali. La ricostruzione del Terzo Santuario è una delle cose che per gli ebrei sarebbe importantissima; ma, probabilmente, non è per nulla attuabile. Questo lo faceva riflettere sul fatto che tutti gli ebrei al mondo, ogni giorno e per tre volte al giorno, chiedevano a grande voce la ricostruzione del Santuario. Ishai sognava, e sperava che fosse ricostruito, e che lui potesse diventare uno dei cantori del grande Tempio, e di poter cantare accompagnato da un'enorme orchestra. Ovviamente per il momento era solo un sogno, e, sinceramente, si rendeva conto che molto difficilmente sarebbe mai accaduto. Ma questi pensieri lo facevano comunque stare bene. Ishai era anche amato dai fedeli che venivano al Tempio. Rideva spesso, e faceva ridere gli altri con le sue battute e le sue barzellette, che narravano degli ebrei in giro per il mondo. Uno dei suoi compiti era quello di preparare i due Templi: quello grande o quello piccolo, a seconda di dove si svolgesse la funzione. Doveva prendere dall'Aron HaQodesh i Sefarim, i libri della Torah, e spostarli dal Tempio grande a quello piccolo o viceversa.

Quel mattino, doveva spostare alcuni Sefré Torà nel Tempio piccolo, e andò quindi nel Tempio grande proprio per aprire l'Aron HaQodesh. Quando vi entrò, si rese conto che anche qualcun altro, dall'ultima volta che ci era stato, era entrato. Gli sembrava tutto a posto, ma qualcosa era stato toccato. Guardando vedeva tutto nella stessa posizione, ma c'era qualcosa che non gli tornava, qualcosa che non aveva mai visto era stato messo là, al suo interno. Vide che nell'angolo destro c'era un piccolo sgabello che stava appoggiato al muro e toccava un drappo verde. Non capiva proprio cosa ci facesse là. Lo guardò con interesse, si avvicinò e pensò che ce l'avesse messo magari il rabbino, per qualche motivo che lui non sapeva. In quel momento, però, aveva molte altre cose da fare per preoccuparsi di questa cosa. Prese i Sefré Torà e li spostò nell'Aron HaQodesh del Tempio piccolo, e ben presto si dimenticò di quel piccolo sgabello, era troppo impegnato a sistemare tutto per la prossima festa. Chiuse le porte e pensò che aveva tantissime cose da fare e da sbrigare: doveva tirare fuori tutti gli scialli di preghiera, perché presto sarebbero arrivate molte persone e doveva essere pronto a consegnarli. Sistemò anche i libri, che erano stati messi a caso sulla piccola panca dentro al Tempio piccolo, e si guardò attorno per assicurarsi che tutto lo spazio interno fosse in ordine per la prossima preghiera. C'era anche da sistemare il Mechitzà, il tramezzo di legno che divideva lo spazio di preghiera fra uomini e donne: era un po' spostato. Nelle funzioni religiose, donne e uomini pregavano separatamente, per non disturbarsi gli uni con le altre e potersi concentrare solo sulla preghiera. In passato nel Tempio grande, le donne stavano nel primo piano, ma oggi purtroppo c'erano molti meno partecipanti e il primo piano non era più agibile. Aveva sentito dire che molti anni fa, quando la parte superiore del Tempio era ancora utilizzabile, i bambini ci giocavano sempre a nascondino, anche perché c'era tantissimo spazio. In questo modo non disturbavano la preghiera, e potevano stare ore e ore a giocare. Oggi come oggi, purtroppo, i bambini invece non potevano più salire, ed era sempre molto difficile tenerli buoni durante le lunghe preghiere, soprattutto nelle feste grandi e al sabato. Era veramente contento di poter aiutare i fedeli, e spesso loro avevano bisogno del suo appoggio e dei suoi consigli. Gli sarebbe piaciuto continuare a lungo con questo lavoro, faceva proprio per lui; sì, c'erano ogni tanto dei grattacapi, ma tutto sommato sentiva di poter dare molto alla Comunità.

Continuò a lungo a mettere a posto le varie cose e si perse di nuovo nei suoi pensieri, poi prese le chiavi del Tempio, lo chiuse e si diresse verso casa.

Alla sera ci sarebbe stata un'altra funzione e prima voleva riposarsi un poco, per essere pronto per il suo impegno che considerava una missione. Guardò il Tempio da fuori; quel monumento, così grande, mostrava a tutti quanto grande era stata la Comunità Ebraica di Trieste in passato, e quanta storia poteva ancora raccontare. Ora toccava ai giovani farla ritornare allo splendore del passato. Ishai aveva sicuramente alcune buone idee per far rinascere la Comunità triestina, e riportarla ai numeri che contava prima della Seconda Guerra Mondiale. Sicuramente con il lavoro di tutti le famiglie avrebbero avuto più voglia di partecipare alle funzioni. Era una Comunità con una storia importante e dal passato glorioso; si sa come si possa, dal passato, imparare molto. Era un peccato avere un Tempio così grande e pochissime persone che lo frequentavano. Avrebbe voluto parlare con tutte le famiglie, per far venire tutti i figli e i genitori a passare del tempo insieme, che non fosse solo di preghiera, ma anche di condivisione ebraica, parlando del loro futuro e di quello dei propri figli. Era più che sicuro che si sarebbe potuto fare un ottimo lavoro. Mentre pensava a questo, camminava: aveva bene in mente cosa avrebbe dovuto fare, e con chi avrebbe dovuto parlare per lavorare al bene della Comunità, ne era più che convinto. Si rendeva conto che il suo lavoro non era solo quello di fare il bravo impiegato all'interno del Tempio: collaborando con il rabbino e con il consiglio della Comunità avrebbe potuto apportare delle modifiche fondamentali per cambiare le cose. La colpa, in fondo, non era di nessuno! C'era, sì, un certo disinteresse da parte delle persone, non sentivano più l'amore e l'appartenenza all'ebraismo. Questo non faceva felice Ishai, ma lo spingeva a lottare ancora di più. Senza le persone, la Comunità sarebbe stata vuota e triste, come accadeva a tantissime altre Comunità in giro per l'Italia. Erano rimasti i musei, dove i visitatori andavano a vedere una realtà del passato, che oggi non esisteva più!

Non voleva che Trieste finisse come le Comunità ormai vuote. Avrebbe lavorato bene con l'aiuto di tutti: in qualche modo si sentiva come se fosse un rabbino che aveva un ruolo e uno scopo ben preciso. Forse questo sentimento arrivava dall'Alto, o almeno così credeva. Sapeva che l'unione fa la forza, e con il lavoro fatto da tutti ci sarebbe riuscito, ne era più che convito. Mentre camminava a testa bassa, lo disse più volte ad alta voce: "L'unione fa la forza, l'unione fa la forza, lo so. L'unione fa la forza". Ishai, camminando, sorrideva: sapeva che questa era la giusta strada da tracciare, e nessuno l'avrebbe ostacolato. Si sentiva felice, aveva uno scopo. La sua vita aveva uno scopo.

Questo gli bastava.

CAPITOLO IX

Il tempo non passava mai. Ariel era impaziente di andare a verificare tutte le cose che si era detto con Miriam, ma voleva anche essere sicuro di non commettere errori. Quindi aveva aspettato un po', per prepararsi bene, facendo nel frattempo una lista di cosa avrebbe dovuto portare con sé. Erano passati alcuni giorni e Ariel era più che deciso a farlo un lunedì, dopo la preghiera serale di Arvith, che sarebbe iniziata come al solito alle sette di sera. Preparò uno zaino, e leggendo dal foglio sul quale aveva scritto l'elenco delle cose che gli sarebbero servite, ci mise dentro il suo quadernetto, una grande torcia per farsi luce, una corda e un ago con un filo verde per ricucire il drappo. Era sicuro che sarebbe riuscito a entrare, questa volta, ma aveva anche paura di cosa avrebbe trovato. Forse gli sarebbe successo qualcosa di grave, e proprio per questo, prima di andare, scrisse una lettera indirizzata a Miriam.

"Cara Miriam, ti scrivo questa lettera per dirti che il mio sentimento per te è molto forte e puro. Ti scrivo perché sto per andare al Tempio, per cercare di entrare nella famosa stanza, e, se mi dovesse succedere, qualcosa ti prego di non dire mai a nessuno tutte le cose che ti ho raccontato. Anzi, tu devi far finta di non aver mai parlato con me. E se per qualsiasi motivo io non tornassi, non dire mai a nessuno dei nostri segreti. Ti prego di pensare che questo non è un gioco, e che per me potrebbe finire molto male; non so quali forze soprannaturali stiamo affrontando, quindi non voglio coinvolgerti di più. Appena saprò qualcosa ti aggiornerò, verrò io a cercarti; ti prego di aspettarmi a casa, arriverò presto e porterò sicuro delle novità. La mia vita è stata sempre indirizzata a scoprire le cose che erano misteriose; e poi conosci bene anche tu la mia curiosità.

Avrei potuto mollare tutto e far finta di niente, ma sento che per una volta nella mia vita, qualcosa mi sta guidando verso l'aiuto che io posso dare al prossimo. Per la prima volta percepisco che ho una missione da compiere, e che sono il prescelto. Ti prego di non farti un'idea sbagliata di me, mi conosci bene e sai che non mi monto mai la testa. Forse tutto questo finirà in una bolla di sapone. Purtroppo, fintanto che non verifico cosa ci sia di vero, non lo saprò mai. A proposito del mio sentimento nei tuoi confronti, te ne parlerò, se mai tornerò, come mi hai detto tu, alla fine di questa avventura. Sappi solo che quello che provo è sincero e puro, e spero che lo sia anche per te. Ora è il momento di agire, spero di farti avere presto mie notizie. Ti prego di distruggere questo messaggio dopo che l'avrai letto, non voglio metterti in difficoltà se dovesse succedere qualcosa di spiacevole. Credo nella provvidenza, e credo che il Signore mi proteggerà per tutto quello che farò ai fini di far del bene per le persone, e per chi mi sta vicino. Ora vado. Spero di vederti presto.

Grazie

Con Affetto

Tuo Ariel"

Uscì di casa, e prima di andare al Tempio si diresse a imbucare la lettera nella cassetta postale di Miriam, senza che lei si accorgesse del suo passaggio. A questo punto raggiunse la sua destinazione, quando ormai mancavano quindici minuti all'inizio della preghiera della sera. C'erano il rabbino, lo Shammash e un po' di persone, e discorrevano amabilmente fuori dal Tempio. Ariel entrò senza salutare nessuno, immerso nei suoi pensieri e nelle sue paure. Era molto preoccupato anche perché si rendeva conto che quel libro poteva rappresentare, in mani sbagliate, la fine dell'umanità. Almeno così si era espresso il vecchietto, e lui si era convinto che le cose che gli erano state dette fossero sicuramente vere, e da trattare con le pinze. Teneva vicino a sé lo zainetto, nascondendolo senza dare troppo nell'occhio. Le persone entrarono tutte dentro al Tempio piccolo e la preghiera incominciò; questa volta il cantore non c'era, e fu proprio lo Shammash che pregò per tutti. La melodia risuonava nel piccolo Tempio, e Ariel pensò subito che Ishai aveva una voce fantastica, e che avrebbe potuto farlo lui, il cantore. Immaginava come la sua voce nel Tempio grande avrebbe potuto viaggiare fra le volte e gli archi: la musica sarebbe riecheggiata in tutta la sua maestosità.

Ariel guardò con curiosità le persone che erano dentro al Tempio piccolo, e vide nell'angolo a destra quello che era il bidello della scuola ebraica, chiamato da tutti, appunto, "Levi il bidello". Anche lui era famoso per le sue battute sempre spiritose, e per il suo carattere allegro e pronto ad aiutare tutti. Svolgeva ormai da anni il suo lavoro, ed era amato sia dai maestri che dai bambini, che ridevano e giocavano con lui. Era una persona veramente deliziosa. Ariel aveva notato che ultimamente Levi aveva ricominciato a frequentare anche le lezioni, e tutte le funzioni: si vedeva che Levi si stava riavvicinando al Tempio dopo un periodo durante il quale era stato lontano. Gli altri presenti erano i soliti vecchietti, e purtroppo di giovani nemmeno l'ombra.

I giovani! Tutti cercavano di attirare i giovani; soprattutto i rabbini. Ma i giovani erano interessati ad altro e ciò metteva in pericolo la vita stessa delle comunità. Fra trent'anni, le sinagoghe sarebbero state vuote. Un luogo vuoto senza nessuno che lo frequenti serve ben a poco, e diventa la cattedrale nel deserto del proverbio. In questo caso, un Tempio nel deserto! Mentre Ariel pensava a questo, la preghiera proseguiva, e andava verso la fine. Lo Shammash stava leggendo il Kaddish, una preghiera sacra per i morti, con enfasi e amore, recitata in Aramaico antico. Proprio a quel punto, Ariel pensò che fosse arrivato il momento di andare a nascondersi nei bagni del Tempio, per prepararsi e poi provare a entrare nell'Aron HaQodesh. Voleva a tutti i costi aprire quella porta e vedere cosa ci fosse dietro, era fondamentale farlo prima che si iniziassero i lavori di ristrutturazione. Andò nel bagno senza dare nell'occhio, e si chiuse dentro, aspettando, come la volta precedente, che tutti andassero via.

Il cuore gli batteva di nuovo forte nel petto, molto forte; era emozionato e allo stesso tempo spaventato, stava violando per la seconda volta quel luogo sacro, si sentiva nuovamente come un ladro. Ma era altresì sicuro di fare del bene per la sua Comunità e forse per tutta l'umanità. E se l'avessero colto sul fatto? Non sapeva come poter spiegare la sua storia. Come avrebbe potuto giustificare la sua presenza? Chi gli avrebbe creduto? Come avrebbero reagito di fronte alla sua strana storia? Non gli avrebbe creduto nessuno, ne era convinto; ma ormai era in ballo e doveva ballare, non aveva altre possibilità. Stette ancora in silenzio per capire se tutti se ne fossero andati. Ben presto non sentì più alcun rumore. Quindi decise di uscire dal bagno e di dirigersi immediatamente verso l'Aron HaQodesh. Appena uscito voltò a destra ed entrò dalla porta laterale del Tempio grande. Per prima cosa estrasse la sua torcia, perché era già buio, e andò verso la sedia del rabbino per andare a prendere la chiave, quella che apriva la grande porta ramata. Questa volta andò a colpo sicuro, sapeva dove andare a cercare, e quando arrivò alla sedia la sua mano corse subito a cercare la chiave che sapeva essere sotto il panno, quello che copriva il poggialibro. Sapeva di dover cercare la scatolina dov'era custodita. Tastò con la mano sotto, ma questa volta non trovò nulla! Provò con la torcia a vedere se potesse essere da qualche altra parte, alzò più volte il panno per guardare meglio, e indirizzò bene il fascio di luce. Guardò anche per terra, nel caso la chiave fosse caduta, ma non trovò nulla. La sua attenzione fu distolta da qualcosa che stava succedendo al centro del Tempio grande: sentì una persona urlare e camminare verso il punto dove si trovava. Stava gridando a squarciagola un nome: si rese conto con gran spavento che stava pronunciando proprio il suo, di nome.

"Ariel! Cosa ci fai qui, Ariel?" urlò Ishai con foga, usando a sua volta una torcia e puntandogliela negli occhi. "Perché ti sei introdotto qui di nascosto? Lo sai che questo è un reato? Com'è possibile che una persona come te, un ebreo religioso, si nasconda dentro al Tempio come fosse un ladro? Cosa stai combinando? Dammi subito delle spiegazioni!" concluse con impeto.

Ariel era paralizzato. Ebbe un sussulto fortissimo, e la paura lo colse di sorpresa, il cuore incominciò a battergli ancora più forte, e tremava. Si rese conto che era stato scoperto da Ishai e che avrebbe dovuto dirgli o inventarsi qualcosa. Non lo vedeva ancora in faccia, ma l'aveva riconosciuto dalla voce. Quella voce così potente era inconfondibile. Continuava a essere spaventatissimo, e in quel momento pensò che il suo piano sarebbe fallito ancor prima di cominciare. Ishai stava andando verso di lui puntandogli una torcia in faccia, un fascio di luce che dal fondo del Tempio veniva verso di lui e lo illuminava. Ariel vide in volto Ishai solo quando arrivò a due metri di distanza, prima non era riuscito a vederlo bene perché nel buio del Tempio era come un fantasma luminoso che camminava verso di lui.

La faccia di Ishai era livida, lo stava guardando con rabbia. Ariel doveva inventarsi immediatamente qualcosa, se no sarebbe finita davvero molto male. Non voleva assolutamente passare il resto dei suoi giorni dentro a una prigione; per giunta immaginava cosa avrebbero potuto scrivere i giornali il giorno dopo:

"Ariel, un ebreo della Comunità ebraica di Trieste, trovato a rubare dentro il proprio Tempio. Dopo il suo arresto, il giovane ha continuato a farneticare di libri misteriosi e forze occulte e del suo intento di salvare l'umanità!".

Non voleva finire così, doveva trovare una soluzione; ci pensò un momento, ma di tempo non ne aveva tantissimo. Doveva dare una risposta a Ishai e doveva farlo immediatamente.

CAPITOLO X

Miriam era a casa ed era molto inquieta. Non sentiva Ariel da un po' e non sapeva se si fosse nuovamente cacciato in qualche guaio. La sera prima l'aveva chiamato e lui le aveva detto che stava studiando a casa. Avevano parlato un po' di come fosse trascorsa quella giornata dopo che lui era andato a parlare con lei e a confidarsi. Miriam era anche curiosa di sapere quando Ariel si sarebbe nuovamente recato al Tempio per cercare di risolvere il mistero. "Come un ladro", aveva aggiunto Ariel. Miriam gli aveva detto che si sentiva un po' meno preoccupata, perché ci aveva pensato bene e credeva che a tutto ci fosse una spiegazione razionale, quindi anche questo mistero sarebbe stato risolto. Miriam non aveva idea, non sapeva se lo stesse dicendo per tranquillizzarlo o per esser lei più tranquilla, comunque sentiva nella voce di Ariel calma e serenità. Lui le aveva risposto che non sapeva ancora quando sarebbe andato, e che forse l'avrebbe avvisata; poi avevano parlato di pettegolezzi che Miriam aveva sentito in comunità, e avevano riso come matti, pensando a quante parole si sprecassero nel cercar di parlar male degli altri. Alla fine della telefonata, si erano salutati promettendo di sentirsi presto nuovamente, e che appena Ariel avesse avuto novità si sarebbe messo in contatto con lei.

Tutto quello che Miriam gli aveva detto al telefono era vero, ma anche lei si rendeva conto che fosse un gran mistero. Il suo pensiero si era rivolto ogni giorno continuamente a lui, era molto in ansia per quello che sarebbe potuto succedergli, doveva assolutamente aiutarlo. Si chiese anche lei più volte che tipo di sentimento provasse per quel giovane slanciato con gli occhiali che gli scendevano sempre sul naso, e spesso molto distratto.

Amava molto la casa di Ariel, anche se era un gran casino, ma la amava proprio per questo, perché la sua casa lo rappresentava in tutto e per tutto. È vero che era incasinata, ma era anche piena di sentimento, con tutti quei libri lasciati così, spesso aperti, in vari punti della casa. Forse se ci fosse stata meno polvere sarebbe stato meglio, ma si sa che gli uomini lasciano sempre confusione. Ecco, Ariel, per lei, era proprio come un libro aperto, e pensava che mai avrebbe rinunciato a lui. Quella sera però cercò di chiamarlo a casa, e come al solito non rispose: il telefono suonava a vuoto. Decise di lasciar squillare a lungo, perché lui ci metteva un sacco a rispondere, preso dai suoi libri. Ma non rispose. Decise quindi di andare da lui a vedere come stesse, e se avesse bisogno di qualcosa. Scendendo le scale guardò nella cassetta delle lettere, come faceva spesso, e trovò una busta. Era una lettera di Ariel: la riconobbe dalla scrittura svolazzante. Vide che era stata scritta da poco; le lacrime le scendevano dagli occhi mentre la rileggeva più e più volte. Decise allora di ascoltarlo, di fare come aveva scritto e di aspettare che lui tornasse; non sapeva nemmeno dove cercarlo ma sapeva che Ariel aveva la testa sulle spalle. Si fidava di lui, e poi quella frase finale, "Tuo Ariel", la rese molto felice, e si convinse sempre di più che il loro legame fosse veramente forte. Risalì le scale, entrò, si sedette su quel divano dove qualche giorno prima era stata con lui e fantasticò sul suo possibile futuro. Decise di non distruggere la lettera: era scritta così bene che l'avrebbe per sempre conservata, tanto nessuno sarebbe mai venuto da lei a chiederle qualcosa. Sentiva però gravare sulla sua testa un peso, come se sapesse che in quel momento Ariel fosse in difficoltà. Ma era conscia di non poterci far nulla! "D-o ci ha dato il libero arbitrio", pensò, "e ognuno deve andare incontro al proprio destino". Sperò che prima o poi quel destino volesse dire stare assieme; sì, era più che certa del suo sentimento. Andò in cucina, si preparò un tè e fece finta di berlo insieme a lui. Versò una tazza anche Ariel; sapeva benissimo che era una cosa sciocca, ma questo la faceva star bene, lo sentiva vicino. Bevve il suo tè e lasciò la tazza di Ariel sul tavolo; si diresse verso la camera da letto, dove presto si cambiò per dormire, anche se non era ancora troppo tardi. Quella, per lei, era stata comunque una giornata abbastanza impegnativa, ed era molto stanca. Si adagiò sul letto, prese un giornale dal comodino e lesse un po' e poi decise di spegnere la luce. Guardava nel buio della sua camera, pensava a tante cose che erano successe in quei giorni. Sperò che tutte le cose brutte fossero presto dimenticate, anzi, ancora meglio, sperò che non ne accadessero mai più. Voleva essere positiva, voleva vivere la sua vita con tutto quello che la vita le donava, nella gioia e nel dolore. La sua mente si stava annebbiando; forse anche il tè che si era preparata l'aveva aiutata a rilassarsi.

E ben presto si addormentò.

CAPITOLO XI

"Ishai, non arrivare a conclusioni affrettate", balbettò Ariel, "lascia che ti spieghi cosa sta succedendo e soprattutto non chiamare nessuno, è una faccenda troppo delicata". Ariel quasi ansimava dal terrore. Tremava dalla testa ai piedi e si chiedeva come Ishai ora lo stesse vedendo, forse come un fantasma apparso dal nulla all'interno del Tempio.

"Ovviamente devi spiegarmi tutto, se non vuoi che chiami il presidente della comunità e subito dopo la polizia", disse invece con molta calma e freddezza Ishai. "Non lo faccio subito perché ti conosco, e so che non potresti mai fare delle cose che non sono, diciamo... legali" continuò. "Poi, ti prego non tremare come una foglia: se hai bisogno di aiuto sono qua, lo sai, mi conosci bene", proseguì con più dolcezza Ishai.

"Devi capire che sto portando avanti una missione molto importante e allo stesso tempo molto rischiosa. Sono in ballo delle forze molto pericolose, delle forze che probabilmente hanno a che fare con la cabalà. Devo fare in modo che non cadano nelle mani sbagliate, e anzi tu puoi aiutarmi" disse Ariel cercando di convincerlo, o almeno sperando di aiutarlo a comprendere.

"Io? Come potrei aiutarti?" chiese Ishai. "Di cabalà non ne so nulla, e come sai nessuno si deve occupare di questi argomenti, che sono vietati, non si può nemmeno accennare alla cabalà, non si può nemmeno pronunciare quel nome!"Ci fu un attimo di silenzio, mentre la voce di Ishai rimbombava nella sinagoga.

"Hai ragione, ma lascia che ti spieghi, lasciami parlare e vedrai che ti sarà tutto chiaro. Ma vorrei che tu mi promettessi una cosa...", disse Ariel, riacquistando un po' più di calma.

"Dimmi pure e io giudicherò la tua proposta", disse, questa volta più freddamente, Ishai.

"Io e te", continuò Ariel, "ci conosciamo da molti anni, tu sei una bravissima persona e mi fido molto di te, come spero che tu ti fidi di me", proseguì più deciso, forse più per convincersi che nella speranza di persuadere Ishai. Ishai annuì con la testa, in segno di assenso."Io ti racconterò tutta la storia, ma se tu mi crederai e mi darai una mano, mi devi promettere che non dirai a nessuno quello che faremo qui. A nessuno, nemmeno ai tuoi famigliari. È una storia molto complessa, che mi ha preso da qualche tempo, e che non ho ancora raccontato a nessuno. Può essere molto pericolosa se non trattata con le necessarie misure. In realtà, fino ad ora, non è successo nulla, ma sarà il futuro che ci farà scoprire se tutta questa vicenda ha un fondo di verità", disse Ariel con convinzione.

"Va bene, mi fido di te. Tu sai quanto io ti stimi, però devi farmi capire bene cosa fai qui, e perché, e quali sono queste forze pericolose di cui parli", disse Ishai guardandolo negli occhi. Allora, nel buio del Tempio, alla luce di due torce, Ariel raccontò per circa un'ora la sua storia e quello che gli era capitato, senza tralasciare nulla e fermandosi più volte per far capire a Ishai l'importanza di quello che gli stava dicendo. Ishai lo guardava con curiosità: aveva capito subito che si trattava di una cosa seria, e anche, per davvero, molto, ma molto pericolosa. Ariel era molto convincente. Ishai pensò subito che dovessero, insieme, andare fino in fondo e che non c'era molto tempo da perdere. “Ho ascoltato la tua storia; per certi versi sembra che venga fuori da qualche film. Indiana Jones, forse”, disse Ishai. “Andrebbe benissimo per un film, davvero, ma siccome non stiamo scherzando, mi hai convinto. Sono d’accordo con te che questa cosa sia da fare subito. Ma perché non me ne hai parlato prima?” proseguì aspettandosi una risposta immediata.

“Caro Ishai, ero talmente preoccupato, addirittura nel panico, che non sapevo a chi rivolgermi. Ho provato a parlare con il rabbino, ma lui non mi ha ascoltato. Non sapevo di chi potermi fidare. Quando quel vecchio mi ha parlato ero spaventato. Ma tu, ti ricordi di lui? Ti ricordi se fosse venuto altre volte al Tempio?” chiese ancora Ariel.

“No, non mi ricordo minimamente di lui, è morto abbastanza tempo fa. E non so nemmeno se io fossi già qui a lavorare in questa comunità. Però ne avevo sentito parlare, e non so nemmeno da chi. Da quello che tu mi dici e mi racconti sembra proprio che stiamo parlando della stessa persona”. Ishai, ora, era molto curioso. “Ma quando l’hai visto? E quando ti ha parlato di tutto questo?”

“Ma come, non ti ricordi? Tempo fa ero qui al Tempio e ho parlato con lui. Il rabbino dice di non ricordarsi; e tu, dov’eri? Ah, aspetta, forse quel giorno tu non c’eri, e per questo non ti rammenti. Sembra che fosse uno che in passato veniva spesso. Ma se dici che è morto, probabilmente veniva qua anni fa” disse Ariel, facendo una piccola pausa. “Ma, a questo punto, se questo, diciamo, fantasma, è venuto da me... la domanda è: perché? Sai, Ishai, proprio per questo ho molta paura”.

“Eh, ti capisco, ne avrei anch’io, sembra tutto così

strano: il libro, il vecchietto, il passaggio segreto..." anche Ishai si fermò a riflettere su tutte queste cose.

"Non sapevo a chi rivolgermi, ma per fortuna ora ci sei qui tu. E mi puoi dare una mano, che ne pensi? Ishai, sono sincero... ho paura", disse Ariel con un filo di voce.

"Ne avrei tanta anch'io, caro amico mio; dobbiamo andare a fondo a questo mistero. Mi hai convinto, ti darò una mano. Sembra tutto così fantastico e magico, spero solo che ci sbagliamo entrambi, e che questa avventura non sia spaventosa. Forse, come dici tu stesso, la storia del vecchio l'hai solo sognata, e potrebbe essere un sogno premonitore. Vedrai che alla fine andrà tutto per il meglio; sai che io sono fiducioso, ma non aspettiamo altro tempo, proviamo a vedere se questa stanza esiste veramente. Diamoci dentro!" disse Ishai con entusiasmo. Il suo atteggiamento era totalmente cambiato: ora era pieno di energia, era pronto per affrontare questa avventura.

"Vorrei aprirla, ma non so dove sia la chiave dell'Aron HaQodesh", disse Ariel.

"Cerchi questa?" Ishai sorridendo gli mostrò la chiave che aveva nella mano destra. "L'avevo presa in prestito questa mattina perché avevo fatto dei lavori di spostamento dei Sefré Torà da un Tempio all'altro. Mi ero dimenticato di rimetterla al suo posto; per questo motivo sono tornato questa sera, dopo la preghiera. Ho visto in lontananza una luce e ti ho trovato. Devo dirti che al momento anch' io ero molto spaventato, non sapevo chi fosse; poi, per fortuna, ho visto che eri tu. Scusami se sono stato un po' violento e aggressivo nel gridare, ma ero molto agitato" concluse con calma Ishai.

"Non ti preoccupare, ti capisco molto bene. Avrei avuto molta paura anch'io. Ma ora proviamo a vedere cosa c'è nella stanza segreta; e soprattutto se questa stanza esiste veramente", disse Ariel. I suoi occhi, al pensiero, si fecero vivissimi. Presero la chiave rotonda, e la inserirono nell'Aron HaQodesh, illuminando con le torce la serratura. Aprirono la porta, e i Sefré Torà erano là, appoggiati sul drappo rosso come dei Re seduti sui loro troni con magnificenza. A destra c'era il piccolo sgabello, ed era là che dovevano guardare per cercare di aprire la porta. "Avevo visto questo sgabello stamattina, e difatti non capivo a cosa servisse, ma pensavo che fosse stato il rabbino a metterlo lì", disse Ishai.

"No, sono stato io", rispose Ariel, "l'altra volta, a mettere lo sgabello in quel punto per nascondere lo strappo che avevo fatto nel drappo verde. Volevo vedere cosa ci fosse dietro e ho trovato le lettere ebraiche. Non sapevo come risolvere il mistero. Ma ora vediamo di cosa si tratta". Ariel spostò lo sgabello e aprì di più il drappo, fin tanto che il quadrato con le strane lettere era nuovamente visibile. Gli spazi che andava a formare la piccola porta si vedevano a malapena, ma si sentiva dell'aria provenire da qualche parte. Sicuramente c'era uno spazio dietro a quella porta; non restava altro che cercare di aprirla.

בואט
זא
ב

Il quadrato era là, sempre visibile in modo chiaro: due aleph, due beth, una teth, una vav, una zain e uno spazio vuoto, ed entrambi rimasero a guardarlo con molta attenzione.

"Cosa significano quelle lettere messe così"? chiese Ishai.

"Guarda, ci ho pensato a lungo. Al momento ho pensato che fosse una parola in ebraico anagrammata, magari di qualche salmo", continuò Ariel. "Poi mi sono reso conto che siccome ad ogni lettera ebraica corrisponde un numero, allora poteva essere una data". Ariel pensò che il ragionamento era giusto, ed aspettò che anche Ishai lo confermasse.

"Vai avanti, Ariel, credo che tu sia nel giusto."

"Al momento ho pensato a una data ebraica; poi mi sono reso conto che poteva essere una data qualsiasi, e forse poteva corrispondere a qualche evento particolare".

Ishai guardava Ariel con molta curiosità, chiedendosi dove volesse andare a parare con il suo ragionamento.

"Allora mi sono detto", continuò, "se è una data di qualche evento particolare... mi sembra di aver sognato qualcosa in proposito, e anche di aver visto, sempre nel sogno, una Torah volare con le lettere svolazzanti che erano anche dei numeri... e questi numeri erano la data di costruzione di questo enorme Tempio. Questa è stata la mia idea; potrebbe essere banale o forse sbagliata, ma perché no? Essa corrisponderebbe quindi alla data civile 27 giugno del 1912, ma messa così mancava ancora qualcosa, perché c'era ancora quel segno vuoto. E a cosa corrispondeva, quel vuoto? Forse allo zero?"

"Potrebbe essere", disse Ishai con enfasi. "Infatti non c'è nessuna lettera ebraica per indicare lo zero. Nella concezione ebraica lo zero non esiste. Ma non ti seguo, in che senso c'è lo zero"? "Se tu fai bene attenzione", disse Ariel, "27 giugno 1912 si può scrivere 27061912, e vedi dunque che lo zero compare..." Ariel indicò con la mano le lettere che vedeva e la corrispondenza con i numeri. "Come vedi, non hanno usato la data ebraica, ma quella civile", concluse. Si guardarono, per un attimo, incrociando gli sguardi come in un momento magico. Finalmente Ariel aveva capito: l'idea che l'aveva tormentato per giorni, quella su cui verteva tutta la questione del rebus, poteva essere giusta.

"Beh, cosa aspettiamo?" disse con curiosità Ishai, "Proviamo a vedere cosa accade se tu spingi i numeri, pardon le lettere, come hai detto tu. Facciamolo presto, anche se fino a domani mattina non dovrebbe arrivare nessuno. Abbiamo tanto tempo a disposizione. Prima, però, mi chiedo: perché non è stata scelta una data ebraica, ad esempio la data ebraica di costruzione del Tempio? Sarebbe stata la cosa più logica" disse Ishai.

"Un modo per metterti fuori strada", rispose prontamente Ariel. "Sai, chi conosce bene la ghematria, la numerologia ebraica, non avrebbe mai pensato che il sistema adottato potesse essere quello della datazione civile. Sarebbero andati tutti solo su quella ebraica". Allora Ariel prese il suo quadernetto con le note, e provò a premere sulle lettere mentre le mani gli tremavano. Gli tremavano così tanto che non riusciva quasi a premerle, quelle lettere ncl muro: beth 2, zain 7 alef 1,theth 9, alefh 1 beth 2 e provò a spingere il bottone al centro. Non successe nulla. Nessun rumore e la porta non si spostò di un millimetro.

"Ma no, Ariel, ti sei dimenticato di aggiungere il mese con il numero zero e il 6", disse Ishai sottovoce, come se fosse un segreto da confidare solo a lui.

"Hai ragione! Sono troppo emozionato e ho dimenticato quello che ti ho appena detto. Scusami, sono veramente affascinato da tutto ciò che mi sta accadendo", disse Ariel con gli occhi che gli luccicavano. Era veramente molto agitato ed emozionato per quello che avrebbe potuto trovare dietro a quella porta, sempre che il suo ragionamento fosse giusto. "Allora ci riprovo, e vediamo di fare le cose per bene questa volta", disse sorridendo a Ishai.

Le mani gli tremavano dall'emozione e non riusciva quasi a tenere fermo il quadernetto: beth 2, zain 7, premette nello spazio vuoto dello zero, vav 6, aleph 1, theth 9, aleph 1 e beth 2, 27061912, giorno, mese e anno dell'inaugurazione del Tempio ebraico di Trieste. Spinse nuovamente il bottone al centro, e questa volta ci fu una specie di schiocco, come quello di un meccanismo, e un rumore di ferraglia che si muoveva. Il muro ebbe un piccolo sussulto. Ariel e Ishai erano allo stesso tempo eccitati e spaventati per quello che stava succedendo: le cose avevano preso, per il momento, una buona piega. O almeno così credevano. Ariel spinse un po' più forte il muro e si videro ancora meglio le fessure che andavano a costituire la porticina, che, per quanto piccola,- era alta circa sessanta centimetri- permetteva ad una persona alla volta di passare carponi. Da dietro arrivava un'aria fredda e fetida: l'odore di muffa e di chiuso era molto forte, pungente, come se quel passaggio non fosse mai stato aperto da più di ottant'anni, e forse non lo era mai stato. La porta faceva comunque un po' di resistenza, e allora Ariel e Ishai spinsero con ancora più forza. L'uscio, con un forte scricchiolio, cedette e si aprì. Dentro era tutto buio: con le torce cercarono di illuminare l'interno. Si vedevano degli scaffali con delle cose appoggiate, ma al momento nessuno dei due riusciva a capire cosa fossero. Allora Ariel e Ishai decisero finalmente di entrare, accucciandosi e camminando uno alla volta carponi. Si trovarono dentro alla stanza celata per anni e della quale nessuno sapeva nulla: un posto buio, puzzolente e pieno di ragnatele. Ora avrebbero dovuto capire cosa ci fosse su quelle scansie, e cosa quella stanza nascondesse da anni e anni, e il perché! Ciò che inoltre bisognava domandarsi era come mai quella stanza fosse stata costruita. Quale era esattamente il suo scopo? Forse per nascondere delle cose che non dovevano essere scoperte da nessuno? Delle cose pericolose, che non dovevano cadere nelle mani sbagliate? Celava dei misteri, quella stanza, che gli umani non dovevano sapere, e che gli spiriti dentro al Tempio vegliavano? Ormai il tempo delle tre domande era finito: era il momento, per entrambi, di agire, non c'era un minuto da perdere. Con tutti questi dubbi addosso, puntarono la luce verso quelle che sembravano delle scansie, mentre il cuore di entrambi batteva fortissimo.

CAPITOLO XII

All'interno era buio e l'aria era quasi irrespirabile. Tutto era successo così in fretta che Ariel non si rendeva nemmeno conto di essere là dentro. Tutto quello che aveva vissuto in quei giorni così frenetici e pieni di situazioni diverse, con la paura di fallire o di essere scoperto, lo portarono a dubitare di aver fatto la cosa giusta. Ormai era qui, e doveva fidarsi per forza di Ishai, non aveva altre possibilità. Anche Ishai, dal canto suo, si sentiva preso in un vortice di novità e di emozioni così forti da non permettergli di rendersi conto che stavano giocando con delle forze più grandi di loro. Oramai era là, e doveva anche lui fidarsi di Ariel, e di quello che gli aveva raccontato; non aveva altra scelta. Il buio all'interno era totale, la stanza era piena di ragnatele e l'odore di muffa gli faceva venir voglia di vomitare: era chiaro che nessuno fosse entrato lì da anni.

C'erano tante cose appoggiate sugli scaffali, ma quello che saltò subito all'occhio ad Ariel erano dei piccoli Sefré Torà, pieni di polvere, due dei quali ricoperti uno da un panno rosso e uno da un panno nero. C'erano vari libri e vari oggetti, e non riusciva a capire a cosa sarebbero potuti servire; c'erano delle yad per leggere la Torah (delle manine di argento che servono al cantore per non toccare la pergamena, ma anche per indicare il segno della lettura) e c'erano altre cose buttate un po' alla rinfusa. Era come se chi fosse stato là dentro quell'unica volta, chissà quando, prima di chiudere la stanza avesse riposto le cose a casaccio e in gran fretta. Forse per non farsi vedere da nessuno. Ma, a parte gli scaffali e gli oggetti inutili, nella stanza segreta non c'era null'altro, e Ariel si rese conto che era veramente piccola e angusta. Si chiese se c'erano delle altre aperture che portassero da altre parti, ma insieme a Ishai, dopo aver guardato bene in giro, non trovò nulla. Del resto, il posto era veramente piccolo, e non sembrava poter celare altri ambienti. Mentre ragionava su questo, Ariel si ricordò del suo sogno e del libro che volava nel cielo. L'associò subito al fatto che quando il Sefer Torah veniva estratto dall'Aron HaQodesh, era alzato verso il cielo, per farlo vedere a tutti i fedeli. Capì immediatamente che quel Sefer Torah piccolo nero era il libro giusto, non sapeva perché ma ne era convinto. Era sicuro che fosse quello che il vecchietto gli aveva indicato. Prese il piccolo Sefer Torah rosso e lo diede a Ishai, in modo che lo tenesse lui. Al tatto sembrava soffice: era pieno di ragnatele e umido. Ishai lo mise subito nella sua borsa. Ariel prese poi quello nero fra le mani e lo soppesò: essendo piccolo sentì subito che era leggero. Era abituato a quelli grandi, che pesavano fino a cinquanta chili ed erano sempre molto difficili da portare. In quel momento gli vennero in mente i momenti in cui aveva ballato con il Sefer Torah durante la festa di Simchà Torah, quando appunto si danzava con tutti i Sefré Torà in sinagoga. C'era anche l'usanza di uscire con essi in strada, per fare una grande festa danzante. Ma quello che adesso aveva in mano pesava molto meno. Con estrema attenzione, sfilò il panno nero che l'avvolgeva, mentre Ishai illuminava con la torcia quello che Ariel stava facendo. La mano di Ishai tremava molto, e la luce sfavillava nel buio della piccola stanza. Si sentivano come due bambini che stavano rubando la marmellata della nonna, ma qui la situazione era ben più grave. L'odore di muffa era ancora molto forte e l'umidità li faceva sudare entrambi. Vide, alla luce della torcia, che all'interno quello era un normale Sefer Torah fatto di pergamena, ma dentro, fra le pieghe, nascondeva una lettera vergata a mano e composta da vari fogli. Ariel volle conoscere subito il contenuto di quella lettera: appoggiò il sefer-libro con molta cautela sullo scaffale, e incominciò a leggere ad alta voce.

CAPITOLO XIII

IL LIBRO DI TOPOLÒ

"Se stai leggendo questa lettera, vuol dire che sei riuscito a trovare la stanza segreta e a rintracciare il libro maledetto che hai per le mani. Questo libro che sembra così piccolo ed insignificante è molto pericoloso, perché è stato costruito utilizzando le formule magiche della Kabbalà. In questo caso non è stato fatto per fare del bene, anzi è stato pensato per distruggere e rendere l'uomo schiavo di chi lo possiede. Non si sa da dove sia arrivato, e nemmeno chi l'abbia scritto: è molto antico ed è passato per molti, fino a quando qualcuno l'ha portato a Topolò, e da quella città ha preso il nome. Sai perché?

Sicuramente esisteva anche molto prima di arrivare in quella città, dove portò distruzione e morte; ma del prima si sa ben poco. Però noi sappiamo che là ha fatto molti danni e ha ucciso tante persone, incendiando la città. Questo è il motivo del suo nome! Molto probabilmente aveva già causato disastri anche prima, ma di questo non ne sappiamo nulla. Abbiamo sentito parlare di vari terremoti nel passato, e di pestilenze e guerre: quasi certamente il libro ne è responsabile. Questo che sto scrivendo serve per far sì che non si usi questo libro per nessun motivo, nessuna frase e nessuna lettera contenuta in esso deve essere letta o recitata. È troppo pericoloso! Potrebbe scatenare forze mostruose che nessuno riuscirebbe a combattere o a contenere. Non deve cadere in mano a persone sbagliate, e se tu adesso lo possiedi devi custodirlo in modo che nessuno lo prenda. Non fidarti di altri, il libro cerca il potere, ed attrae le persone malvagie pronte a distruggere il mondo per il proprio vantaggio e per la voglia di comandare. Questo non è uno scherzo; anzi, è un avvertimento. Detto questo, ora brevemente racconterò la storia da quando il libro comparve a Topolò; come detto, del prima e del dopo ben poco si sa. Non si sa nemmeno come sia arrivato qui a Trieste, ma io l'ho nascosto durante i lavori di costruzione del Tempio; senza che nessuno sapesse ho costruito questa stanza per metterlo qui, al sicuro. Spero almeno che lo sia, al sicuro, per più tempo possibile: se cadesse in mani sbagliate, sarebbe la fine dell'umanità. Da quello che so io, molta gente voleva trovarlo, sia in passato che ora: e proprio per questo l'ho nascosto".

Ariel fece una piccola pausa, e, guardando Ishai, si chiese quanto pericoloso fosse tutto quello che stavano vivendo; ma la curiosità lo spinse a continuare a leggere, mentre Ishai continuava a tener puntata la luce per illuminarlo. L'aria era sempre più fetida.

"Come ho detto, non so come sia arrivato a Topolò, ma la storia incomincia un po' prima del suo arrivo. Scusate se mi ripeto, ma il libro non si sa chi l'abbia scritto e perché, e nemmeno quale sia lo scopo principale, anche se è abbastanza intuibile che quello che è in grado di fare può essere usato per causare del male. Del perché venga scritto un libro di questo genere, io proprio non ne so il motivo. Ti scongiuro, quindi: se c'è l'hai in mano e credi nel bene dell'umanità continua a nasconderlo! L'umanità non è pronta a combattere un male così grande, anche perché non esiste più la coesione fra le persone, e non ci si dà più l'aiuto reciproco che è il mezzo per schierarsi contro il male. Ciascuno va per la sua strada, e il libro è stato scritto molto probabilmente per questo scopo, proprio per dividere le persone, per poter far loro ancora più del male".

"Non è tanto diverso da quello che sta succedendo adesso", disse Ariel ad alta voce, e Ishai annuì, facendogli capire che aveva proprio ragione.

"Il maledetto libro arrivò a Topolò una calda mattina portato da un giovane abbastanza alto e slanciato, che indossava un vestito incredibilmente viola e un capello rotondo simile ad un fez marocchino. Teneva il libro stretto stretto al

proprio corpo mentre scendeva da una collina, ma non si sa esattamente da dove arrivasse e dove fosse diretto. Nel suo volto, pallido come il latte, si leggeva la paura. Si diresse verso il paese con fare agitato, cercando qualcuno che lo potesse aiutare. Andò verso la piazza centrale, dove il rabbino stava amabilmente parlando con i suoi correligionari. Quando arrivò, il rabbino guardò stupito questa figura alta e indecisa farsi avanti verso di lui. Si accorse subito che portava con sé qualcosa che stringeva forte: un libro prezioso. Il giovane si avvicinò al rabbino e gli chiese di prendere questo oggetto così importante. Il rabbino capì immediatamente che si trattava di un libro avvolto da un panno nero: un piccolo Sefer Torah. Il rabbino chiese al giovane cosa avesse di particolare quel libro, e lui gli rispose che era un libro kabbalistico, che conteneva degli incantesimi molto pericolosi che non dovevano finire nelle mani sbagliate. Il rabbino disse che lui non credeva a queste cose, che erano solo delle leggende, e che il libro se lo poteva tenere. Allora il giovane gli disse di andare da solo nel bosco con il libro, e di provare ad aprirlo: e che, se non fosse successo nulla, l'avrebbe riportato via. Fu così che il rabbino andò nel bosco con il Sefer Torah, e non appena fu solo aprì leggermente il libro: nel cielo ci fu di colpo un enorme bagliore che momentaneamente lo accecò. Dopo quella luce abbagliante, un frastuono enorme, seguito da un boato fortissimo: e il rabbino capì che quel libro effettivamente poteva avere qualcosa di magico. Allora si addentrò ancora di più fra gli alberi e andò a sedersi su dei tronchi che erano là appoggiati. Tentò nuovamente di aprire il libro, e un altro enorme bagliore si sprigionò dalle pagine. A quel punto il rabbino capì che effettivamente quel libro non solo era magico, ma era anche molto pericoloso. Avrebbe potuto, con la sua forza e il suo bagliore, uccidere tantissime persone. Degli uomini malvagi l'avrebbero potuto usare come un'arma in battaglia: nessun esercito avrebbe resistito. Allora tornò in paese per chiedere al giovane cosa dovesse farne, ma il giovane era scappato dopo aver visto i primi segni della potenza e della malvagità del libro. Alcuni suoi concittadini stavano male, vomitavano per la strada e si sentivano pieni di febbre, come se fosse arrivata, così dal nulla, una pestilenza ad ucciderli. Allora il rabbino cercò nella preghiera la risposta, e andò verso la sua sinagoga, dove era ormai arrivata l'ora della funzione pomeridiana. Iniziò a pregare, sperando che la risposta giungesse direttamente dal Divino.

ma nulla arrivò! La sinagoga di Topolò non era molto grande. Nella zona ce n'erano anche delle altre, ma solo nella sua il rabbino trovava sempre la soluzione ai problemi che aveva: entrava, si sedeva al primo banco e rifletteva a lungo, lisciandosi la lunga barba. Fu così che gli venne in mente che l'unica cosa da fare era bruciare quel libro maledetto, in modo che non arrivasse nelle mani di nessuno. Uscì dalla sinagoga e corse verso la piazza centrale dove c'erano i suoi correligionari pronti ad ascoltarlo. Il rabbino gridò con tutta la sua voce: 'Questo libro è un libro magico e dobbiamo assolutamente bruciarlo, è troppo pericoloso e non deve cadere nelle mani sbagliate. Andiamo nel bosco, subito, andiamo a bruciarlo! Immediatamente, senza nessun ripensamento, se no potrebbe far del male anche a noi'. Allora tutti gridarono in coro: 'Sì, andiamo nel bosco a bruciarlo: è pericoloso, ascoltiamo il nostro rabbino, il nostro maestro ha sempre ragione'. Allora tutto il paese corse nel bosco, corsero tutti con tutto il fiato che avevano in corpo, e quando arrivarono ad una radura vicino alla collina dalla quale era arrivato il giovane, costruirono un cerchio di pietre per fare un bel falò e buttarci dentro il libro. Lo dovevano bruciare, punto e basta! Si sentivano tutti molto agitati, emozionati, riuscivano a sentire la potenza del libro e alcuni di loro stavano ancora molto male. Il marito di una ragazza, che adesso si trovava là per bruciare quel maledetto libro, era caduto a terra morto in pochissimi minuti quando il giovane misterioso aveva consegnato il libro al rabbino, solo perchè si era trovato vicino a loro. Un'altra giovane, che era stata anche lei vicina quando il libro era stato consegnato, aveva avuto delle vertigini, poi era svenuta e adesso aveva su tutto il corpo delle pustole rosse che scoppiavano, come fosse stata ammalata di peste bubbonica. Ma stranamente, invece il rabbino non si sentiva male, anzi sentiva che doveva svolgere una missione importantissima per la salvezza dell'umanità.

Forse, nelle preghiere, il rabbino aveva usato delle formule a sua volta kabbalistiche per proteggersi dalla potenza del libro, e quindi si era in qualche modo difeso. In questo momento, però, la priorità era distruggerlo per mettere fine a quest'incubo. Si rendevano sempre di più conto del male che poteva fare e della pericolosità di averlo fra le mani. Misero della legna in mezzo al cerchio di pietre e presero della paglia per far appiccare meglio il fuoco, così tutto sarebbe bruciato più in fretta. Il rabbino sollevò in alto il Sefer Torah, come se volasse nel cielo, e lo mise con un gesto veloce e inaspettato al centro del cerchio di pietre, mettendogli sopra altra paglia e parecchia altra legna. Diede fuoco con una grande torcia alla pira e alte fiamme uscirono subito da quell'ammasso di legno, carta e paglia: c'era tantissimo fumo, ora, e un odore di cancrena e di morte usciva dal centro del cerchio, un odore irrespirabile, un tanfo che faceva venire ai presenti conati di vomito. Il fumo era talmente denso che non si vedeva cosa stesse bruciando, non si capiva se effettivamente il libro stesse andando a fuoco o meno. Qualcuno gridò a voce acutissima che c'erano degli spettri che uscivano dal fuoco, dei fantasmi che cercavano di afferrare le persone presenti. Il calore sprigionato da quel piccolo fuoco era incredibile, fortissimo, e anche l'aria diventava sempre di più calda e densa. D'un tratto, il fumo scomparve come se fosse arrivata una folata di vento a spazzare tutto quello che c'era nel cerchio: il libro in mezzo alla pira non c'era più, era sicuramente bruciato, e la gente ora gridava dalla gioia per il pericolo scampato. Qualcuno incominciò a ballare, e a cantare molto forte, ma immediatamente il rabbino gridò con tutto il fiato che aveva in corpo di stare zitti. Un paesano indicò con le mani un punto impreciso, e tutti guardarono da quella parte increduli: il libro era lì, appoggiato su un muretto, intatto e senza nessuna bruciatura. Era un libro maledetto: indistruttibile. Il rabbino non sapeva più cosa fare, ma la gente che era là incominciò a sentirsi male, molto male: alcuni scapparono, altri come ipnotizzati rimasero fermi, immobili. Una ragazza, come posseduta dal demonio, incominciò a ballare e a contorcersi come nessun essere umano era in grado di fare, e alcune delle persone che erano attorno al cerchio di pietre incominciarono a provare enormi sofferenze, poi caddero a terra, agonizzando e gridando con tutte le forze che gli erano rimaste, ma le loro vite erano finite! Morirono di una morte orrenda, contorcendosi dal dolore, straziate dalle pustole che comparivano sulla loro pelle. La ragazza che ballava finì nelle braccia del rabbino, svenuta o forse morta: sicuramente il suo corpo era spezzato dentro, e il rabbino si sentiva impotente, non sapeva più cosa fare. La ragazza, non si sa come, aprì gli occhi, e indicò verso il bosco: da esso riapparve il giovane con il vestito viola e il cappello rotondo. Annuiva con la testa, guardando il rabbino come per dire: 'Te l'avevo detto, che era pericoloso" e ammirando il libro e sorridendo, lo riprese stretto fra le sue braccia. Riguardò tutta la scena, come se stesso provando gioia: forse era riuscito nel suo intento e con una sonora risata ritornò verso la collina da dove era arrivato, correndo via così veloce come nessun essere su questa terra avrebbe potuto fare. Il rabbino era rimasto immobile, con la ragazza che non riusciva a stare in piedi, lei distrutta dai dolori, lui dall'angoscia che provava nel vedere che tutti suoi amici erano morti.

Non finì lì. Ad un certo punto, nel paese, le case incominciarono a prendere fuoco, così, spontaneamente, senza ragione. Dopo breve tempo, tutta Topolò bruciava senza che nessuno potesse o riuscisse a spegnere l'incendio. Erano terrorizzati dal fatto che molti fossero morti senza una ragione e altri fossero scappati via lasciandoli da soli. Fu così che il libro portò morte e distruzione a Topolò, e nessuno lo rivide mai più da quelle parti: 'per fortuna', pensarono i pochi abitanti rimasti. Ora, non sappiamo dove il libro sia stato portato dopo questo episodio: abbiamo appreso solo che viaggiò attraverso vari paesi e città, fra le quali Praga (dove venne in contatto con il rabbino Lowental, quello che costruì il Golem), il ghetto di Venezia, la comunità ebraica di Padova e quella antica di Gradisca d'Isonzo. Si pensa anche che qualcuno l'abbia usato per vincere delle guerre; poi, per fortuna, finì nelle mani di qualcun altro che non voleva usarlo per far del male, e fu rinchiuso da me qui a Trieste, nella stanza segreta della sinagoga. Ora tocca a te, che stai leggendo la lettera, metterlo in salvo e tenerlo al sicuro. Credevo che il luogo più protetto fosse proprio la stanza segreta: ma se stai leggendo la lettera, vuol dire che sei riuscito ad entrare e sei venuto a contatto con il libro. Non aprirlo mai! Non tentare di leggere il suo contenuto, o di usare le formule che sono scritte all'interno, potresti tu stesso morirne. Se in questo luogo il libro non è al sicuro, trovane un altro. Se qualcuno potrebbe prenderlo, non farglielo avere. Non ho altro da dire: abbi cura di te e prego il Nostro Signore che ti aiuti, e che ti protegga dal libro, perché il libro stesso potrebbe farti del male. Grazie per quello che farai".

La lettera terminava così, senza né una firma né una data; sembrava fosse stata scritta in gran fretta su una vecchia carta. Si notavano tantissime correzioni, e la calligrafia era svolazzante. Ariel e Ishai non sapevano cosa fare: come avrebbero dovuto comportarsi, e dove avrebbero dovuto portare il libro affinché non cadesse nelle mani sbagliate?

"Ishai, cosa dobbiamo farne di questo libro, e di questi oggetti che sono qui dentro? Sicuramente, quando faranno i lavori di restauro, qualcuno li troverà, e questo non deve accadere".

"Hai ragione, Ariel" disse Ishai. "Ma non ho proprio idea di cosa possiamo fare per nasconderlo. Forse questo libro è al di sopra delle nostre possibilità. Dobbiamo trovare qualcuno che ci aiuti a celarlo al mondo intero".

"Non capisci, Ishai. Non dobbiamo parlarne con nessuno, chiunque venga a contatto con questo libro sta male. Chiunque lo tocchi può morire o può essere distrutto, nessuno deve prenderlo".

"Ma se fa così male toccarlo", proseguì Ishai, "come mai a noi non ha fatto nulla? Eppure, tu l'hai preso in mano, e anche se non l'hai letto stai bene. E anch'io".

"Non lo so, Ishai. Forse ha perso un po' del suo potere, o incantesimi cabalistici sono stati fatti su di esso in modo che non faccia del male a nessuno. Poi mi chiedo: chi l'ha portato qui a Trieste, e per quale ragione? Lui non si firma e non ci dice chi gliel'abbia dato e perché. È tutto molto strano, forse lui stesso ha fatto sul libro un incantesimo di protezione. Comunque è meglio ascoltare il suo consiglio: non leggerlo e nasconderlo", disse Ariel con sicurezza. "Forse è stata scelta Trieste perché è la sede di una comunità ebraica molto importante, e lo è sempre stata; qui ci sono stati grandi rabbini. Potevano proteggersi dal libro e tenerlo nascosto senza correre pericoli", concluse Ariel.

"È vero, hai ragione, forse questo è il motivo. Ma noi cosa ne facciamo ora? Dove lo portiamo per metterlo al sicuro e per proteggerlo?" continuò Ishai, guardando Ariel nel buio della stanzetta.

"Eh, bella domanda. Bisogna pensarci. Intanto, direi, portiamolo via. Ormai è troppo pericoloso che resti qui", disse Ariel.

"Ma ne sei sicuro? A me fa molta paura, e non saprei proprio dove tenerlo. E poi potrebbe essere che il libro ti convinca a fare del male; che esso stesso ti obblighi a fare del male!" disse Ishai amaramente. Aveva ragione; era troppo pericoloso, e c'erano anche delle persone, vicino a loro, che in questo caso sarebbero state in pericolo. Ma non sapevano cosa fare.

"Allora facciamo così, per il momento" disse Ariel con convinzione, infilandosi la lettera in tasca e rimettendo sul Sefer il panno che lo ricopriva. "Io lo porto a casa mia per questa notte, e domani troviamo un posto dove metterlo. Sai, ho pensato che il cimitero dove vengono sepolti i libri che non sono più kasher, cioè che non sono usabili, forse sarebbe il posto giusto. In quel luogo ci vai solamente tu; lo mettiamo là fino a quando non troviamo un posto più adeguato. Che ne dici"?

Ishai lo guardava perplesso, ma pensò che, tutto sommato, Ariel non avesse torto, e che per il momento dovevano comportarsi così. Presero anche gli altri oggetti che si trovavano sugli scaffali, e li misero nelle borse. Per primo uscì Ishai, che lasciò la sua borsa dentro perché non riusciva a passare; e poi, dopo un pò, uscì anche Ariel. Una volta fuori dalla porticina Ariel allungò il braccio e prese le due borse rimaste dentro, perché anche lui non era riuscito a passare con tutta quella roba.

Richiuse il piccolo uscio, che con un sobbalzo tornò dentro al muro. Prese ago e filo, e ricucì il drappo verde che aveva strappato per entrare. Il lavoro durò circa una mezz'ora; durante quel tempo, i due non si scambiarono nemmeno una parola, perché erano assorti pensando alle cose che avevano vissuto quella sera.

"Bene, possiamo andare, qui abbiamo finito" disse Ariel, con la sua borsa a tracolla e quella di Ishai nell'altra mano. Mentre stavano chiudendo la porta dell'Aron HaQodesh, sentirono un rumore alle loro spalle. Chiusero in tutta fretta la porta ramata con la chiave rotonda, e fecero luce verso il luogo da cui era provenuto il suono. Illuminarono una figura vestita di nero e non tanto alta: era il vecchio che Ariel aveva visto quel giorno in Sinagoga! Quel maledetto vecchio che gli aveva raccontato tutta la storia.

"Allora non avevo avuto un abbaglio!" disse ad alta voce Ariel mentre il sudore gli scendeva dalla fronte. Ma il vecchio aveva qualcosa di strano in mano: era una pistola, che adesso puntava verso di loro, e il suo sorriso era un ghigno malvagio che non prometteva nulla di buono.

CAPITOLO XIV

Miriam era a casa, nel suo letto; ormai era notte fonda ma di Ariel non c'era traccia, ed era sempre più spaventata. Sapeva benissimo che lui stava rischiando la vita, ma non avrebbe saputo come aiutarlo. Ariel le aveva chiesto di stare a casa, e aveva ripetuto che si sarebbe fatto vivo lui; questo non l'aiutava, era molto agitata, e il silenzio e l'assenza di notizie la stavano mettendo in agitazione. Allora si rigirò per l'ennesima volta; non riusciva proprio a prendere sonno. Decise di alzarsi e di farsi un tè: forse in questo modo si sarebbe calmata. Prese la pentola per l'acqua e la mise sul fuoco, ma sentiva che qualcosa non stava andando nel verso giusto, e che Ariel, probabilmente, era in pericolo. Tolse l'acqua dal fuoco, non era nemmeno riuscita a scaldarla un pochino. Lasciò tutto là e prese la decisione di uscire per andare al Tempio per capire cosa stesse accadendo. Magari sarebbe prima passata prima a casa di Ariel, a vedere se nel frattempo fosse tornato, ma ne dubitava molto: sarebbe venuto da lei prima di tornare a casa. Si tolse il pigiama che aveva addosso e si guardò nello specchio: era ancora una donna giovane e bella, e pensò che forse, tutto sommato, ad Ariel piaceva. Poi si vestì e prendendo le chiavi di casa pensò di scrivere un biglietto lasciandolo sulla porta per avvisarlo che stava andando prima a casa sua e poi al Tempio. Corse giù per le scale per andare a cercarlo: uscì in strada e prese la via verso l'abitazione di Ariel. Quando arrivò là, provò a suonare ma nessuno rispose; era ovvio, non era ancora tornato a casa. Presa dallo spavento, pensando alle cose più brutte che sarebbero potute accadere, andò verso il Tempio di corsa. Quando arrivò là vide che era tutto buio, e che non c'era nessuno; sentì però dei passi che venivano da dentro, e vide uscire una persona vestita di nero. Era un vecchio: stava correndo fuori dal Tempio, aveva in mano una pistola e teneva qualcosa sotto braccio. Miriam si nascose con un salto dietro a una colonna; lui si allontanò in fretta e le passò vicino, senza accorgersi della sua presenza. Mentre correva via, Miriam fece in tempo a vedere che nell'altra mano il vecchio aveva qualcosa che teneva stretto al corpo: sembrava un piccolo Sefer Torah. L'uomo corse via veloce, molto più di quanto un vecchio potesse fare, e scomparve dalla vista di Miriam.

CAPITOLO XV

Qualche minuto prima che Miriam vedesse il vecchio scappare, lui stava puntando la pistola verso Ishai e Ariel. La sua mano tremava, ma era chiaro che voleva intimar loro di consegnarli qualcosa. Non era un caso che fosse là, pensò Ariel; quel vecchio sapeva esattamente cosa erano andati a fare in quella stanza.

"Vedi che hai ascoltato i miei consigli", disse il vecchio quasi ridendo. "Anche se non avevo fiducia in te, ero sicuro che saresti andato a cercare il libro; sei un giovane insignificante che non sa cosa vuole dalla sua vita, però sei curioso, e sono contento che tu abbia fatto per me quello che ti ho detto. Sì, ho parlato con il rabbino, ma lui non si ricordava di me, perché quel giorno, quando ti ho raccontato del libro, non mi ha visto". Lo sguardo del vecchio ora era cattivo, mentre la mano con la pistola tremava ancora di più, forse per la rabbia. "Sei caduto nella mia trappola e hai fatto il lavoro sporco che avrei dovuto fare io. Non ero sicuro che la stanza esistesse, ma tu mi dato la prova che la storia era tutta vera. Il rabbino, con cui sei andato parlare anche tu, non sapeva quasi nulla, ma io l'ho ucciso lo stesso: non serviva a niente, ed era inutile, poteva spifferare troppe cose. Ti posso assicurare che forse anche lui, dopo aver saputo della storia, voleva prendersi il libro. Ma il libro è mio e basta! Ora dammelo!" disse gridando.

"Ishai, dagli il libro che vuole", disse Ariel nervosamente, "e lasciamo che questo squallido individuo se ne vada via. Ishai stava per tirare fuori il Sefer rosso dalla sua borsa, ma il vecchietto lo bloccò. "Eh no, caro mio! Il Sefer giusto è quello nero; lo so molto bene, quello rosso non vale nulla, non ha nessun valore.

Penso proprio che ce l'abbia tu, Ariel, e se non vuoi che ti spari adesso dammelo subito".

Ariel era in trappola. Non sapeva come comportarsi, si rendeva conto che qualsiasi mossa avrebbe potuto costargli la vita, ma dargli il libro sarebbe stato un grossissimo errore. Una cosa sbagliata. Non aveva altra scelta, però: tirò fuori dalla sua borsa il Sefer Torah nero, e glielo consegnò.

"Spero che tu sappia cosa fare di questo oggetto, caro vecchietto. Spero che non farai mai del male a nessuno. Stai attento, è molto pericoloso, bisogna saperlo maneggiare."

"Di questo non ti devi preoccupare, insignificante giovane, non è affar tuo, cosa ne farò. Grazie di averlo preso per me; mi hai risparmiato molte grane, diventerò l'uomo più potente al mondo. Vedrai!"

Il vecchio allungò la mano e prese il libro; lo strinse fra le sue braccia, e incominciò a indietreggiare. In quel momento Ishai gli si buttò addosso, ma lui sparò, e lo ferì ad una gamba: cadde a terra. "Nooo", gridò Ariel. E mentre correva per soccorrere Ishai, il vecchio scappò con il libro. Di lui non si seppe più nulla.

CAPITOLO XVI

Ishai era disteso per terra e respirava a fatica; per fortuna, però, sembrava ferito solo di striscio alla gamba destra, e non pareva in pericolo di vita.

"Chiamo l'ambulanza subito", disse Ariel con aria preoccupata, ma Ishai replicò subito con convinzione: "No, lascia stare non è nulla di grave. Piuttosto, peccato che abbiamo perso il libro, come facciamo ora? È caduto nelle mani sbagliate! Prova a rincorrerlo e vedi se riesci a prenderlo!"

"Sì, ma ha una pistola", disse Ariel guardando la ferita sulla gamba. "Aspetta un momento". Ariel si allontanò per andare a vedere se il vecchio fosse ancora da qualche parte all'interno o all'esterno del Tempio, ma era già uscito, e di lui non c'era più traccia. Come uscì dalla porta principale, vide Miriam che lo stava guardando con agitazione: lei gli corse incontro, abbracciandolo. "Vieni, Miriam, ti racconterò tutto, è stata una notte incredibile, e forse il nostro compito non è ancora finito". Tornando dentro al Tempio con Miriam, Ariel incominciò a raccontarle velocemente cosa era successo. Entrambi andarono verso Ishai che stava già meglio.

"Ishai, ho incontrato qui fuori Miriam; era preoccupata ed è venuta a cercarmi. Lei sa tutto, e ci possiamo fidare. Del vecchio non c'è più traccia, ed è meglio che lo lasciamo perdere, anche perché devo dirti una cosa molto importante", disse ridendo con gioia. Miriam e Ishai lo guardarono perplessi mentre se la rideva alla grande, come se avesse appena visto la cosa più divertente al mondo. "Cos'hai tanto da ridere? Io sono ferito, e il libro è perso, dovremmo disperarci, altro che ridere!" disse con dolore Ishai.

"Sì, caro Ishai, ma neppure tu hai capito... al vecchio abbiamo dato il libro sbagliato!"

"Come sarebbe a dire?"chiese Ishai, sorpreso e felice.

"Beh, semplicemente, quando ero dentro alla stanza segreta e tu sei uscito, ho pensato di mettere il libro nero nel panno rosso e viceversa, proprio per confondere le acque. Così avevo due libri: uno con il panno rosso, che era il vero libro, e uno con il panno nero, che non aveva nessun valore. Non so perché l'ho fatto, probabilmente per sentirmi più sicuro nel caso fosse successo qualcosa. Ora hai tu il libro giusto; dammelo, forse è meglio che lo tenga io" concluse Ariel con gli occhi che gli brillavano dalla gioia. Ishai fece un segno di assenso, tolse fuori dalla sua borsa il libro e glielo diede. Nel passarglielo Ishai percepì una strana vibrazione provenire dalla stoffa: qualcosa di malvagio, ne era sicuro. Miriam dalla felicità corse ad abbracciare forte forte Ariel, mentre Ishai li guardava sereno, pensando a quanto si volessero bene. "Ragazzi, dobbiamo andare via da qui prima che il vecchio possa tornare a prendere il libro giusto. Dobbiamo correre a casa e discutere subito su come e dove nasconderlo".

Così fecero, e, anche se Ishai zoppicava vistosamente, andarono velocemente verso la casa di Miriam.

CAPITOLO XVII

Ora il grosso problema era veramente dove nascondere il libro. Era la classica domanda da un milione di dollari, e forse nessuno sapeva la risposta giusta. Giunti a casa di Miriam, si sedettero tutti sul divano. Ishai era ancora dolorante, ma stava abbastanza bene: non serviva andare all'ospedale, per fortuna era stato solo un graffio. La pallottola l'aveva preso solo di striscio, ma il dolore era stato comunque grande. Miriam prese una garza e del ghiaccio, e aiutò Ishai a sistemarsi un po'. Ma il problema rimaneva sempre quello di prima, di sempre: il libro era pericoloso e non doveva cadere nelle mani sbagliate. Provarono a lungo a discutere su dove nasconderlo, e Ishai propose di metterlo, dopo i lavori di ristrutturazione della sinagoga, nella famosa stanza segreta in primo piano, quella che non era stata trovata nemmeno dai nazisti.

"Che ne dici, Ariel? Potremmo nasconderlo là, a nessuno verrebbe mai in mente di cercarlo in quel posto".

Ariel, mentre sorseggiava il tè che Miriam aveva preparato, rispose con profonda tristezza. "Io credo che qui a Trieste il libro non sarebbe al sicuro in nessun posto. È vero che è rimasto protetto dentro all'Aron HaQodesh per chissà quanti anni; penso però che ormai troppe persone sanno dell'esistenza di quella stanza, e della stanza segreta al primo piano del Tempio dove ora vorresti mettere il libro. Dobbiamo trovare una soluzione alternativa".

Miriam intervenne a caldeggiare la tesi di Ariel. "Effettivamente, Ariel ha ragione, disse. "Secondo me dovremmo portarlo via da Trieste, e la prima ipotesi, quella di portarlo al cimitero ebraico in città, non va bene. Troppe persone potrebbero andare a cercarlo là e quindi è meglio farlo sparire". Ishai annuì con la testa, e capì che entrambi avevano ragione. "Ma come faremo?", chiese.

"Lo farò io", disse sommessamente Ariel. "Lo porterò via, da qualche parte che non dirò nemmeno a voi, così sarò il solo a sapere dove sarà celato. Nel caso qualcuno volesse riprenderlo, non vorrei mai che facessero del male a voi; al limite, verranno a cercare me".

"Sì, Ariel, ma così sarai tu a essere in pericolo", disse Ishai.

"Meglio che sia in pericolo uno solo, che voi; vi voglio bene e vi voglio proteggere. È meglio che non sappiate nulla", continuò con fermezza Ariel. Miriam e Ishai si guardarono, ed annuirono: Ariel aveva ragione, essere in tanti a sapere dove il libro fosse nascosto non era opportuno. "Domani mattina", continuò Ariel, "uscirò molto presto, ed andrò via a nasconderlo; poi, quando tornerò, non dovrete mai chiedermi nulla, e io non vi dirò mai dove l'ho portato. Questa storia sarà dimenticata, dovremmo far finta di niente, come se non fosse mai accaduta. Ma se succederà qualcosa di grave, e se qualcuno verrà a cercare il libro, torneremo a combattere insieme come abbiamo fatto. Alla fine ci siamo aiutati tutti, e questo è importante", concluse.

"Sia così", disse Ishai, e Miriam annuì con la testa. La serata continuò; raccontarono meglio a Miriam di come erano andate le cose dentro al Tempio, e come Ishai e Ariel erano rimasti sorpresi nel vedere il vecchio. Erano anche sconvolti per la fine che aveva fatto il rabbino; era stato ucciso, aveva detto il vecchio. Speravano solo che le indagini della polizia non portassero anche a loro, che alla fine non c'entravano nulla. In fin dei conti era stato un buon rabbino, e trovarne un altro sarebbe stato molto difficile. L'altro grosso problema era capire che fine avesse fatto il vecchio, e quanto tempo dopo sarebbe tornato a farsi vivo per cercare il libro. In quel caso Ishai, Miriam e Ariel si sarebbero rivolti alla polizia, raccontando di un uomo che vaneggiava e che li disturbava, che parlava di morti e di fantasmi e di strani riti cabalistici: i poliziotti si sarebbero messi sulle sue tracce e, probabilmente, avrebbero capito che lui era anche l'autore dell'omicidio del rabbino. Ormai esauriti gli argomenti, si sentivano molto stanchi, e, sebbene zoppicando, Ishai andò a casa.

"Ti prego, Ariel" disse Miriam, "stai attento domani nel maneggiare quel libro, e speriamo che nessuno cerchi di rubartelo. Ti prego di non dirmi mai dove l'hai portato, come mi hai suggerito tu stesso; meglio non sapere. Così sarò più tranquilla nella mia vita". O almeno, così Miriam sperava.

"Faremo proprio così", disse Ariel. "Non lo dirò a nessuno, come vi ho detto, così nessuno rischierà di essere in pericolo. Devo ringraziare ancora il caro Ishai che mi ha dato una mano in questa avventura, e dirgli che gli sono riconoscente del fatto che si sia fidato di me. Non era faile credere a tutta questa storia, ma lui è stato onesto e leale. Mi dispiace che sia rimasto ferito, ma non è niente, per fortuna. Guarirà presto."

"Ora cosa faremo?" chiese Miriam, ancora preoccupata.

"Domani prendo il libro e lo porto da qualche parte, e poi continueremo con la nostra vita, come se nulla fosse successo", rispose Ariel.

"Per nostra vita intendi noi due?" chiese ancora, con le lacrime agli occhi, Miriam.

"Miriam, io credo di amarti, volevo già dirtelo da tempo.

Ma sai come sono, sempre nei miei libri e distratto dai miei pensieri. Senza di te mi sento perso, e tu sei sempre pronta ad aiutarmi. Quando sono confuso arrivi tu e mi fai sentire bene. Penso che una vita insieme a te sarebbe bellissima. Che ne dici se, quando torno, pensiamo insieme, che ne so... di sposarci?"

Per la gioia, Miriam non stava più nella pelle; era felicissima per le parole che Ariel le aveva detto. Corse verso di lui e lo abbracciò, baciandolo con trasporto. "Ariel, era da tanto tempo che speravo che tu me lo dicessi... ti amo tantissimo e sarei felice di condividere con te la mia vita. Ti prego solo, domani, di stare attento; non vorrei che ti accadesse qualcosa". Lo guardò preoccupata.

"Non ti angosciare, starò attentissimo, non mi farò vedere da nessuno, e nessuno saprà dove andrò", concluse Ariel.

Si salutarono con un grande abbraccio e nuovamente con un lungo bacio. Ariel andò verso casa sua con mille pensieri. Era molto contento di come si stavano mettendo le cose fra lui e Miriam. Era veramente una bellissima e bravissima ragazza, e con lei sarebbe stato sicuramente felice. Sentiva anche che di lei poteva tranquillamente fidarsi. Dove avrebbe potuto, però, portare il libro? Dove avrebbe potuto nasconderlo? Se nessuno sapeva, nessuno era in pericolo. Dirigendosi verso casa, mentre camminava, ebbe un'idea geniale sul da farsi. Era sicuro che quella sarebbe stata la soluzione giusta, e non avrebbe messo in pericolo nessuno. Ne era sicuro!

Arrivò davanti al suo portone, lo aprì e salì le scale. Quando fu dentro casa, andò verso il suo letto e cadde in un sonno profondo. Dormì senza nemmeno cambiarsi; era talmente stanco che rimase con i vestiti addosso, pronto per partire l'indomani mattina.

EPILOGO

Era una mattina molto fredda.

Ariel uscì presto; ancora una volta, aveva preparato la borsa per il suo viaggio, mettendoci dentro le cose che gli sarebbero servite per concludere questa storia. Ci mise dei panini casher, una piccola pala, il libro delle preghiere e naturalmente, ben avvolto in un panno, il libro maledetto. Non voleva essere visto mentre andava via: voleva far perdere, per il momento, le sue tracce, in modo che nessuno sapesse dove si stava recando. Andò alla stazione e prese un treno che da Trieste portava a Udine, verso la destinazione che aveva preso in considerazione. Mentre il viaggio proseguiva, guardava fuori del finestrino, pensando che in quella borsa che aveva con sé era nascosto un oggetto molto particolare, che non doveva cadere nelle mani sbagliate. Un oggetto molto pesante, non a causa del suo peso ma del suo contenuto.

Il viaggio fu lungo e lento; il treno si fermava a ogni stazione, e ad Ariel sembrava di non arrivare mai. Per di più l'unico bagno era rotto. Ariel doveva assolutamente usarlo, e non sapeva come fare. Per fortuna quel viaggio ebbe termine: scese a Udine, e immediatamente si infilò in un bar chiedendo un caffè, e senza nemmeno sentire la risposta del barista si diresse verso il bagno. Ce l'aveva fatta, ed era riuscito a trattenere quello che aveva bevuto al mattino presto, prima di uscire, ma faceva molto caldo e oltre al caffè prese una bottiglietta d'acqua da mezzo litro. Chiese al barista come si poteva arrivare nella cittadina che aveva scelto come meta, e lui rispose che l'unico modo era o andare in macchina, o prendere l'autobus, che partiva dall'altra stazione, più avanti.

Ci si diresse con molta calma, anche perché gli era stato detto, che l'autobus sarebbe partito solo un'ora dopo. Si guardava intorno per vedere se qualcuno lo stesse seguendo; era spaventato, temeva potessero rubargli il libro, e questo sarebbe stato un vero disastro. Finalmente, si sedette nell'autobus che l'avrebbe portato alla sua destinazione finale. Quando l'autista mise in moto, Ariel si rilassò; prima di addormentarsi, pensò a lungo alla sua storia, a Miriam e a come Ishai l'aveva aiutato. Rifletté sulla sua vita e su come sarebbe potuta proseguire, sperando di scansare i pericoli, e trovando la gioia e la calma di cui aveva bisogno.

Assorto in quei pensieri, e molto stanco, scivolò nel sonno; i suoi sogni furono molto tormentati e confusi. Si destò di colpo quando il conducente lo svegliò, dicendogli che era arrivato: doveva, da lì in poi, raggiungere a piedi la cittadina, che era a circa un'ora di cammino. Mentre procedeva lungo la strada, riflettè un'ultima volta, chiedendosi se la sua idea fosse davvero buona. In quel momento, però, non ne aveva altre, e quindi si diresse verso il luogo che aveva scelto. Certo aveva ancora timori, ma per lui quello era il posto giusto! Il paese era abbastanza lontano da Trieste; era anche un territorio sicuro, dove difficilmente qualcuno sarebbe andato a cercare il libro. Sicuramente, però, avrebbe dovuto disfarsene il prima possibile. Camminò a lungo, in salita, per quasi due ore, e pensò che l'autista, sulla lunghezza del percorso, l'avesse preso un po' in giro. Faceva sempre molto caldo e aveva dimenticato di prendere dell'altra acqua, la piccola bottiglia del bar era finita molto prima. Si fermò più volte sul ciglio della strada, sperando magari che passasse qualcuno in auto per portarlo fino al luogo scelto, ma non c'era anima viva. Allora, dopo essersi riposato, riprese la sua marcia. Le curve della strada erano tante, e la salita sembrava essere sempre molto ripida, infinita.

Finalmente arrivò alla sua meta: il cartello stradale diceva "Benvenuti a Topolò". Sarebbe stato il luogo ideale dove nascondere il libro, il luogo dove si sapeva che fosse di sicuro già passato, anche se aveva portato morte e distruzione. Probabilmente era meglio non dirlo a chi adesso abitava là, si sarebbero opposti a quell'idea. Ma ora, se fosse stato nascosto bene, non avrebbe fatto del male a nessuno; bisognava solo trovare il posto giusto. E Ariel aveva bene in testa dove andare a metterlo, e non aveva dubbi che sarebbe stato un buon luogo.

Quando arrivò vicino all'entrata del paese, vide che in certi punti sul prato e su alcune case c'erano ancora i segni dell'incendio che aveva devastato Topolò, forse proprio quello che si vedeva nel film degli anni Venti, che si trovava su Internet. Si addentrò fra le case: c'era pochissima gente in paese. Andò subito in una locanda bere qualcosa per dissetarsi e riposare. Probabilmente quella era l'unica locanda del paese. Chiese due bottiglie d'acqua e un caffè doppio per riprendersi di tutta la fatica che aveva fatto.

"Cosa ci fa da queste parte uno di fuori, in questa stagione che non è periodo di vacanza?" chiese il locandiere lavando dei bicchieri.

"Sono venuto qui per vedere questa bellissima cittadina, ne ho sentito parlare molte volte, e molto bene" rispose Ariel. "Anzi, già che ci siamo, può dirmi dove posso trovare il sindaco? Vorrei parlare con lui. Ho sentito dire che conosce molte cose della storia di questo luogo", continuò, sorseggiando il caffè.

"Provi all'ufficio del turismo, in centro, in piazza", disse il locandiere. "Sara là, sicuramente, è sempre in giro a cercare di aiutare i turisti e fargli scoprire la bellezza di questa cittadina. Il nostro sindaco sembra uscito da un'agenzia di viaggi, però è un'ottima guida, sa praticamente tutto" disse il locandiere mentre cambiava la tovaglia a un tavolo.

"Grazie è stato molto gentile, ed ecco qua i soldi per quello che ho preso, il caffè era ottimo", disse Ariel.

"Torni presto a trovarci. Noi siamo sempre disponibili ad avere ospiti, siamo felici quando le persone vengono qua a passare del tempo. È un luogo di pace e serenità; qui la vita sembra essersi fermata".

"È un piacere, e appena potrò tornerò con i miei amici, anche se non è tanto facile arrivare fin qui", disse Ariel, salutando con la mano e avviandosi verso il centro della città.

Quando arrivò nella piazzetta centrale, vide un uomo che parlava appoggiato alla porta dell'ufficio del turismo, capì subito che si trattava del sindaco, aveva anche una targhetta sul petto con scritto "Benvenuti a Topolò".

Ariel si avvicinò, e appena il sindaco finì di parlare con un'altra persona, si presentò. "Buon giorno, sindaco. Mi chiamo Ariel; sono uno studioso di tradizioni ebraiche, vengo da Trieste e sono molto interessato alla presenza ebraica che c'era qui a Topolò negli anni Venti. Ne ho sentito parlare tantissimo, e sono molto curioso; qui in paese mi hanno detto che lei ne sa tanto".

"Benvenuto!", disse con gioia il sindaco, "Se vuole le racconto un po' della nostra città, e di quello che so di come vivevano gli ebrei qui a Topolò, anche prima degli anni Venti", .

"Guardi, mi interessa veramente tanto e mi serve per i miei studi. Sono tutt'orecchi", disse Ariel.

"Ci sono tanti modi per chiamare questa città, e in varie

lingue: Topolò in italiano, Topolovo in sloveno, Topoluove in dialetto sloveno locale e Topolove nella forma di compromesso adottata per la segnaletica stradale; è la frazione più popolosa del comune di Grimacco. Dal punto di vista geografico, glielo spiego come se lei non sapesse dove ci troviamo; è anche divertente, non si preoccupi, lo faccio con tutti i turisti. Sono un sindaco con la passione per la geografia". Senza aspettare risposta l'uomo continuò a parlare a raffica. Ad Ariel pareva di sentire il suo rabbino, "Ormai ex", pensò con rammarico.
"Il paese di Topolò si trova nell'estrema parte orientale della provincia di Udine, a poca distanza dal confine con la repubblica di Slovenia. Venne citato per la prima volta in un documento del 1275 come facente parte dei fondi di Conone e Volrico di Mumigliano. Fu quasi trecento anni dopo che arrivarono i primi ebrei qui in questo bellissimo posto. La frazione è costruita su un ripido pendio, a 580 metri sul mare, e sta fra i monti San Martino e Colovrat; qui vicino scorrono tre torrenti, Velin Čelan, Patok e Traunim, che nel corso dei millenni hanno scavato la valle del Codariana. È molto difficile arrivarci a piedi, ma una volta si faceva così, non esistevano automobili. Il paese era collegato con il fondovalle solo con sentieri e mulattiere fino agli anni Cinquanta, quando venne inaugurata l'attuale strada comunale che lo mette in comunicazione con la frazione di Clodig, sede del municipio e quindi con la provinciale che conduce alla pianura friulana". Sorridendo con gioia, il sindaco continuò."Questa cosa è interessantissima, vedrà quanto le piacerà", disse con impeto. "Il toponimo di Topoluove deriva da pioppo, che in sloveno si dice topol, e tapù in dialetto sloveno locale. Indica un terreno ricco proprio di alberi di pioppo: un pioppeto. Sembra strano, ma qui vennero ad abitare tante persone; la zona è un po' defilata dalle grandi città, ma è veramente molto bella, anzi dico a tutti di venire fin quassù per visitarla, ne vale la pena. Anche

questo abitato ha subìto, come tutti gli altri paesi delle Valli del Natisone, lo spopolamento, iniziato verso la fine dell'Ottocento e proseguito con intensità maggiore negli anni alla fine del Novecento. Le persone se ne sono andate, e questo è dovuto in parte a motivi comuni a tutte le zone montuose italiane, e in parte a ragioni particolari, legate alla durezza della vita su di un confine che per oltre quart'anni è stato parte della Cortina di ferro, il confine italo-jugoslavo. Gli uomini iniziarono a emigrare in massa dapprima verso l'estero, in particolare verso la Germania, il Belgio, l'Australia e le Americhe e, successivamente, verso le altre regioni italiane e la pianura friulana, luoghi che offrivano migliori prospettive di lavoro. Le ragazze si sparsero per l'Europa, dove lavorarono come collaboratrici familiari: dikle, in dialetto locale. Ma fino a tutto il Novecento molti abitanti vivevano ancora qui. Oggi, ormai, ce ne sono pochi, ma in passato era veramente una città molto vivace e piena di gente. La comunità ebraica contribuiva in maniera rilevante con tantissimi cittadini, ma c'erano anche altre confessioni religiose; insomma, non ci si annoiava". Il sindaco guardò Ariel con aria curiosa, come se stesse aspettando un'approvazione al discorso che stava facendo. Continuò poi raccontando ancora delle cose che pensava che gli potessero servire. Ariel non cercava quelle informazioni, comunque dovette stare ad ascoltarlo per carpire quelle a cui era effettivamente interessato.

"È interessante", proseguì il sindaco, "visitare il paese stesso: è caratterizzato dalle costruzioni in pietra, tipiche dell'architettura spontanea di tutta la zona della Slavia veneta. Le stradine sono lastricate in acciottolato e si possono ammirare le case, quasi tutte a pianta rettangolare e contraddistinte da ballatoi in legno e scale esterne. Al pianoterra delle case di solito c'è una cucina: anticamente si chiamava 'stanza del fumo', questo perché non aveva un camino. Poi c'è un tinello, o ‘izba’, riscaldato dal forno. Al primo piano ci sono le camere, raggiungibili tramite la scala esterna ed il ballatoio, che era utilizzato anticamente, anche per far essiccare i legumi e il mais prodotti dalle famiglie che abitavano le case. Molte case sono state recentemente restaurate grazie a finanziamenti dell’Unione Europea, e adesso sono un modello di albergo diffuso. Tra gli edifici rurali del paese sono ancora visibili diverse costruzioni in pietra e legno: le chiamavano ‘kozolec’, ed erano adibite alla custodia degli attrezzi usati per coltivare i campi, e all’essiccazione del fieno e dei prodotti agricoli. Il paese di Topolò è stato segnalato come uno dei dieci borghi più belli d’Italia. C’è anche la chiesa, naturalmente: San Michele, realizzata nel 1847... ah sì, forse questo non le interessa molto, vero?”

Ariel non sapeva cosa rispondere, ma fece finta di nulla, si strinse nelle spalle e fece un gesto come per far proseguire il sindaco nel suo discorso. Cercava altri indizi.

“Il sentiero che esce da Topolò conduce al paese sloveno di Livek, o Luico: è vicino. Per molti anni la frontiera è rimasta chiusa, e oggi è un percorso d’arte, grazie a dodici installazioni espressamente realizzate da artisti di diverse nazionalità. Se ha voglia di camminare...” e il sindaco mimò con tutto il suo corpo il gesto di camminare con fatica in montagna. “È una passeggiata faticosa, ma interessante, si va lungo il torrente Codariana, dove scorrono acque purissime ricche di trote. Si può pescare. Lungo il percorso si incontra anche la forra del Velik Suopota, con due cascate molto belle e dalle pareti verticali altissime, scavate nella roccia dal torrente. Al termine del canalone c’è un’altra cascata, di minori dimensioni, Mali Suopota. Più a monte, sulla sinistra lungo la riva, si vedono i resti, ancora discretamente conservati, di un vecchio mulino e della casa padronale. Fino agli anni Cinquanta, funzionava; poi il terremoto del 1976 l'ha danneggiato".

Ariel stava pensando che sembrava come se il sindaco fosse a una trasmissione televisiva, uno show dove spiegava le varie attrazioni del posto. Ma non erano ancora una volta quelle le informazioni che stava cercando, in più l'uomo non si fermava mai. Ariel tentava di interromperlo, ma il sindaco parlava velocissimo.

"Ah, le volevo ancora dire, se ha voglia di passare qui in estate, che ogni anno a Topolò, durante il mese di luglio, si tiene 'Stazione di Topolò', 'Postaja Topolove'. È un piccolo grande laboratorio che coniuga la sperimentazione con l'arcaicità di una antica cultura e la forza dell'ambiente che la ospita, e da questo deriva un bellissimo festival d'arte contemporanea. Tutto ciò che accade prende vita dal contatto diretto con il luogo, che diventa così il motore principale, e non lo scenario, degli eventi. Tutto si svolge nei prati, nelle piazzette, lungo i vicoli e nelle case del borgo, utilizzando ciò che c'è; senza palchi, teatri e senza orari. Viene tutto fatto 'dopo il tramonto', 'nel pomeriggio', 'verso sera', 'con il buio': sono gli unici orari conosciuti. E in luoghi reali-immaginari, come l'aeroporto, le cinque ambasciate, l'Istituto di Topologia e Paesologia, l'ufficio postale per stati di coscienza, la sala d'aspetto per scrittori e registi in transito, l'Officina Globale della Salute, l'Istituto per le Acque, la Pinacoteca Universale, l'Università, la biblioteca per i libri del cuore, le antiche sinagoghe, le terme e naturalmente la storia della comunità Ebraica di Topolò con le sue scuole, le sue sinagoghe, il suo teatro e i suoi cinema. Se vuole maggiori informazioni può andare a consultare il sito Internet stazioneditopolo.it".

Sembrava non fermarsi mai era come un fiume in piena: Ariel non ne poteva più!

"Ah, ma forse lei non è venuto per queste informazioni ma vorrebbe sapere delle scuole ebraiche e di tutte quelle caratteristiche della comunità ebraica che era presente qua nel passato". Ariel stava per rispondere, ma il sindaco attaccò subito, come fosse un robot, iniziò a parlare a lungo degli ebrei che vivevano da quelle parti. Prima parlò nuovamente della cittadina di Topolò come se fino a poco prima non avesse detto nulla (nuovamente, Ariel era annoiato, e non interessato) e alla fine narrò della presenza ebraica a Topolò ("ecco che forse", pensò Ariel, "incomincio a trovare risposte alle domande che mi sono fatto"). "Si racconta", disse il sindaco, "che la città di Topolò avesse una presenza ebraica molto nutrita, anche perché i commerci erano molto evoluti. La presenza di un porto, di una stazione e poi, molto più tardi, di un aeroporto, fecero arrivare qui circa duemila ebrei. In poco tempo si stabilirono in paese, vivendo in pace e tranquillità e ben voluti da tutti. Il rapporto con il parroco locale era sempre buonissimo, e tutti si aiutavano l'uno con l'altro, pace e armonia circondavano queste montagne e riempivano queste valli. La comunità ebraica aveva delle origini molto lontane, addirittura si pensa che i primi ebrei arrivassero nel Cinquecento, per poi aumentare di numero con una presenza massima verso i primi anni del Novecento, con numeri molto importanti, che superavano le cinquemila unità. Non si sa quale sia la causa della scomparsa repentina della comunità ebraica di Topolò; qualcuno parla dell'arrivo a Topolò di un libro magico, maledetto che spazzò via gli abitanti uccidendoli, ma questa è solo leggenda", disse con un sorriso il sindaco. "Qui c'era la scuola talmudica, molto importante e rinomata: arrivavano eruditi di materia ebraica da ogni parte del mondo, per studiare con rabbini molto sapienti. Si diceva che anche vari religiosi di altre confessioni venissero a studiare alla scuola talmudica che molto probabilmente, ma in grande segreto, insegnava anche la Cabala. Uno dei rabbini più importanti era rav Gundlmann, che arrivava dall'Alsazia ed era discendente di una grandissima famiglia rabbinica, che molti anni addietro aveva lavorato alla revisione e stampa di qualche trattato talmudico. Le ricerche portarono a ipotizzare che avesse revisionato e portato piccolissime modifiche al trattato Berachot, quello delle benedizioni, che è uno di quei trattati che nelle scuole talmudiche si studiano per primi, quindi di fatto molto importante. A Topolò, il commercio fioriva e arrivarono altri ebrei: ci fu bisogno quindi di costruire, oltre che molte case, anche tre sinagoghe, di cui oggi purtroppo non rimane alcun ricordo. Nessuna foto può mostrarci la loro grandezza e maestosità, ma in una di queste, costruita quasi interamente in legno, si riusciva ad entrare e a stare, fra seduti e in piedi, in più di settecento persone. C'erano banchi, anch'essi in legno, intarsiati e lavorati a mano; il pavimento era interamente in marmo di Aurisina. La Tevà, dove si trovano le tavole della legge all'interno dell'Aron HaQodesh, e il posto dal quale il rabbino leggeva la Torah e recitava le preghiere, erano anch'essi in marmo pregiato. Si dice che l'Aron HaQodesh fosse decorato in filo d'oro. I rotoli all'interno erano scritti da grandi rabbini e avevano un valore storico molto importante. C'era una scala che portava al secondo piano, il matroneo, dove le donne potevano stare durante la preghiera, ed era talmente spaziosa che i bambini giocavano spesso a rincorrersi. Conosce il gioco del nascondino, vero?" Ariel pensò che il sindaco si stesse per fermare; invece, più veloce di prima, riprese subito. "Anche esternamente il colore bianco marmoreo abbagliante della sinagoga la rendeva un edificio bellissimo, e si sa che molti, anche non appartenenti alla comunità venivano a Topolò solo per ammirare questa sinagoga, di cui purtroppo oggi, come le ho detto, non resta traccia. Le altre sinagoghe invece erano piccoline, e di solito erano inserite in edifici piccoli o in case

private. Nell'ebraismo, una sinagoga può essere collocata anche dentro una casa privata: la presenza della Torah in una stanza che non sia il bagno fa sì che quel luogo diventi sinagoga. Tornando alla scuola talmudica, si racconta come dicevamo che si studiasse anche la Cabala, che come è risaputo è vietata; ma i rabbini, quelli più saggi, si riunivano di notte per leggere dei libri e studiare questa meravigliosa e pericolosa materia. Sembra che proprio rav Gundlmann fosse uno dei più affermati studiosi di Cabala e che, per essere ammessi alle sue lezioni, bisognasse ogni volta rispondere ad un indovinello numerologico, di solito molto complicato: gli adepti che potevano accedere a queste lezioni erano sempre pochi. Ovviamente c'erano scuole di tutti i livelli, dove i bambini della comunità andavano a studiare e ad imparare le varie lingue parlate in quella regione. Era per loro un modo per sentirsi integrati nella società dove vivevano. Scuole numerose molto frequentate anche da bambini che non appartenevano alla comunità. Poi arrivò la Seconda Guerra Mondiale, che sconvolse tutte le comunità ebraiche in Europa, ma questa storia la sa già, credo".
Il sindaco si fermò un momento, quasi a voler riprendere fiato: stava cercando nella tasca qualcosa forse un pacchetto di sigarette. Poi continuò.

"Volevo anche ricordare una cosa molto curiosa: verso i primi anni del Novecento c'erano anche luoghi di svago per chi abitava qui, fra cui un teatro, dove si recitava e cantava in Yiddish. Veniva mantenuta una tradizione teatrale molto antica, risalente ai primi anni del Cinquecento, c'erano addirittura due cinema. Non si sa esattamente quali film venissero proposti, ma molto probabilmente erano di carattere ebraico, o comunque avevano a che vedere con temi legati alla natura e alla Divina presenza. Molta musica ebraica che si suonava a Topolò è stata ritrovata in vari archivi in giro per l'Europa, e si sa che era musica veramente bella. Di questi edifici purtroppo non ci resta nulla, ma si sa che il teatro e il cinema coinvolgevano tutta la comunità, rabbini compresi: era un bel momento di spensieratezza. Abbiamo trovato alcune lettere scambiate fra ebrei di qui con ebrei di altre città, dove si elogiavano proprio questi luoghi di divertimento. Nell'ebraismo, oltre allo studio, è normale cercare momenti di svago e di rilassatezza. Era stato girato addirittura un film muto, intitolato 'Il Libro di Topolò', che mostrava la vita degli ebrei durante quegli anni e raccontava di come uno strano libro cabalistico fosse arrivato in questa città. Nel film, si vede com'era Topolò tantissimi anni fa, e come gli ebrei vivessero in questo posto. Purtroppo, la storia finisce male, perché alla fine del film tutto il paese di Topolò va a fuoco e molte persone muoiono, come se fossero state sconfitte dal libro stesso. Ma è una leggenda, lo si capisce; secondo noi che abitiamo qui da anni, tutto quello che si vede nel film è una leggenda che non ha alcuna attinenza con la realtà. Il film si può trovare su Internet, da qualche parte", proseguì il sindaco, "sinceramente credo che sia una storia un po' folkloristica, ma se cerca sul web il film 'Il libro di Topolò', lo potrà vedere lei stesso. È interessante perché in qualche punto della città si notano ancora segni di bruciatura, come se effettivamente la città fosse andata a fuoco davvero. Ma, come sa, una volta molte case erano di legno, ed era facile che prendessero fuoco; quindi credo alla fine che tutto quello che si vede nel film non sia vero. Poi non si sa nemmeno se in qualche cinema qui a Topolò il film sia mai stato mostrato; so che hanno trovato alcune bobine in un archivio, ma non ne so nulla di più. Ne sono state trovate anche in un archivio a Vienna; lo si può vedere però, come detto, solo su Internet. Fra l'altro il ghetto, che era sempre aperto e non chiuso, si trovava in fondo alla città, nella parte bassa. In quel luogo c'erano appunto i cinema, e la sera era sempre molto animata. Insomma, era una comunità viva e allegra, e proprio non sappiamo spiegarci perché sia sparita così di colpo. Forse semplicemente perché tutti i commerci si sono spostati in altre città più grandi, come Trieste e altri posti simili, e non essendoci più lavoro semplicemente se ne sono andati via".

Ariel, a questo punto, visto che sembrava non voler finire mai, lo interruppe. "Grazie, signor sindaco. Di queste cose non avevo mai sentito parlare, e le trovo veramente interessanti, ma credo anch'io che siano delle leggende. Sa, io mi occupo molto di studi ebraici, e credo che difficilmente sia possibile che un libro faccia veramente delle cose così, come le ha descritte lei e come le descrive questo fantomatico film". Ariel sapeva bene di mentire: non poteva sicuramente svelare le sue conoscenze e le sue paure. "Invece", continuò, "della presenza ebraica a Topolò conoscevo solo alcuni accenni che avevo letto da qualche parte. Mi è stato veramente utile sentire le cose che ha detto, ma avrei ancora qualche piccola curiosità, se mi può aiutare, visto che lei sa veramente tutto di qui" disse Ariel. "Avevo sentito parlare anche di un cimitero. Penso che ovviamente ci dovesse essere anche quello, come in tutte le città dove è presente una comunità ebraica".

"Certo che c'è, ma non sappiamo esattamente dove", disse il sindaco. "Qualcuno dice che sia nel bosco, nella parte alta del paese. Lì c'è una piccola targa; se vuole, l'accompagno là. Sappia però che nessuno in realtà sa precisamente dove fosse il cimitero, anche questa forse è una leggenda".

"Se mi indica la via, ci vado da solo, così mi faccio anche un giro. Potrò così vedere anche un po' il paese. Non ho fretta di andare via, me la prendo comoda", disse sorridendo Ariel. Il sindaco gli indicò la strada, e Ariel immediatamente si diresse verso il luogo dove poteva essersi trovato in passato il cimitero. Lo salutò, e lo ringraziò per tutte le notizie che gli aveva dato. "Forse anche troppe", pensò. Andando in giro per il paese e verso la strada che il sindaco gli aveva indicato, vide qua e là dei segni di bruciature, molti di più di quanto avesse immaginato. Quando arrivò effettivamente sul luogo dove doveva esserci stato il cimitero, trovò una targa con sopra scritto che quello era un luogo sacro, proprio per quella ragione. Era una zona boschiva, ed Ariel pensò quindi di inoltrarsi fra gli alberi per vedere se riuscisse a trovare qualche indizio di più.

Entrato nel folto del bosco, cercò a lungo qualche traccia della presenza di tombe ebraiche, ma non trovò nulla. Pensò allora di trovare un luogo dove sotterrare il libro, in modo da nasconderlo nel miglior posto possibile. Estrasse dalla sua borsa una piccola pala e cominciò a scavare nella zona boschiva dietro a dove si trovava la targa. Per molto tempo scavò varie buche, ma non riuscì a trovare nulla. Finalmente, però, in una buca in cui aveva scavato più in profondità e per più tempo, toccò con la pala, a circa un metro, una roccia dura. Allora iniziò a scavare con le mani: si rese conto che quella non era una roccia qualsiasi, ma una lapide scritta in ebraico. Era riuscito a trovare almeno una tomba del cimitero, ne era sicuro. Pensò che forse, in passato, nessuno aveva scavato in quella zona, e per questo il cimitero non era stato mai trovato. Il sindaco gli aveva infatti detto che scavi e ricerche serie non erano mai stati fatti. Sulla lapide, che sembrava molto vecchia, c'era scritto in ebraico il nome di un rabbino che doveva essere stato uno dei più importanti della città di Topolò, Rav Gundlmann. Ne aveva sentito parlare da qualche parte, forse perché aveva scritto qualche trattato di Talmud. Ma certo! Il sindaco l'aveva nominato poco prima, identificandolo come il più importante rabbino di Topolò. Continuò a scavare vicino alla lapide, e vide che nella buca c'erano delle ossa, e libri mezzi rotti, e lapidi di tombe spaccate. I libri, ovviamente, erano scritti in ebraico, lingua che lui riconobbe subito. Ariel capì immediatamente che quella era una Ghenizà, e si ricordò dell'uso di mettere nella tomba, oltre al corpo del defunto, i libri sacri della Torah, i Sefrè Torà, e libri non più Kasher, che non potevano essere usati più nelle preghiere perché illeggibili e che dovevano, secondo la legge ebraica, esser seppelliti nella terra. Questi libri non si potevano buttare nella spazzatura normale, ma venivano sepolti nella terra, in determinati spazi; per molti rabbini, avere quei libri nella propria tomba era un onore. Ariel si ricordava anche dell'uso di mettere nella bara alcune pagine di preghiere o salmi che erano considerati sacri; era una vecchia usanza. Qui la bara non c'era, sicuramente il corpo era stato seppellito avvolto in un sudario. Allora pensò che quello fosse il luogo giusto dove nascondere il libro; lo estrasse con molta cautela e con grande timore lo appoggiò con cura sulla nuda terra. Era ricoperto dal drappo nero, l'aveva sostituito nuovamente. Era sicuro che in quel luogo nessuno sarebbe mai andato a cercarlo. Sentì nelle mani una vibrazione provenire da quel libro maledetto che emanava un'energia che non era positiva. Anzi! E tentò subito di liberarsene. Con tutta la terra che aveva a disposizione lo ricoprì cercando di nascondere il posto dove aveva scavato. In quel momento capì quale era stato lo scopo di tutta la sua vita: mettere la gente al sicuro dal Libro, far sparire il Libro! Questa era la sua missione. Grazie ai suoi studi, era stato in grado di salvarsi dalla furia e dalla malvagità del libro. Ora aveva capito a cosa gli erano serviti gli insegnamenti del nonno, e di questo fu molto contento. Era sollevato, la sua vita aveva avuto ora una svolta positiva, e aveva aiutato l'intera umanità a salvarsi da un'immane tragedia. Era felice, e ringraziò il Signore con una preghiera ad alta voce. Uscì dal bosco guardandosi attorno come se fosse un ladro che scappava da qualcosa, ma nessuno l'aveva visto, e si rasserenò.

Pensò che il libro era passato da Topolò, come il film mostrava, e qui era ritornato, sperando ora che, là sepolto, non potesse più far danno a nessuno. Mentre si lasciava Topolò alle spalle, Ariel pensava che forse il libro aveva davvero finito di fare del male. Ci sperava. Si augurava di aver fatto di tutto per mettere al sicuro l'umanità da una potenza talmente grande da non poter essere fermata o fronteggiata da nessuno. E che fosse meglio così. Era meglio far sparire un male assoluto.

~

Ringraziamenti

Un grande ringraziamento lo devo a Rav Ariel Haddad, per gli ottimi suggerimenti ricevuti nel corso della stesura di questo libro.

Ad Ishai Richetti, che mi ha indirizzato verso la strada giusta, e a Carlo Levi Caruso che mi ha spronato a scrivere. Grazie a Jacky per i consigli "corfioti".

Ringrazio la Stazione di Topolò/Postaja Topolove e la Comunità Ebraica di Trieste, che in questi anni artisticamente mi hanno dato tanto. Ho rielaborato qua e là alcune fonti storiche, per cui ringrazio chi le ha scritte. Una visita a Topolò merita veramente: andateci. Venite anche a visitare il nostro Tempio, a Trieste, è bellissimo e grandissimo.

Ringrazio Antonella Farina per la revisione della seconda edizione.

Un ringraziamento a Paola Ramella, per la copertina.

Da ultimo, ma non meno importante, ringrazio la mia famiglia che mi ha supportato e sopportato nelle ore passate a scrivere questo romanzo, ma devo dirvi che mi sono divertito moltissimo.

Spero che a voi il libro piaccia, e che leggerlo sia un piacere come è stato per me scriverlo. Ora mi mancherà un po', ma lo consegno a voi, e so che sarà in buone mani.

Volevo infine avvisarvi che fatti e personaggi di questa storia sono puramente immaginari e non hanno nessun riscontro nella realtà; quindi non andate a cercare il Libro di Topolò, perché non lo troverete. O almeno, così credo.

Trieste, 27 giugno 2012, o forse 27 giugno 2021?

Printed in Great Britain
by Amazon

35712469R00086